KB121264

로크미디어가
유혹하는
재미있는 세상

ROK
MEDIA
로크미디어

이것이 나이다

이것이 법이다 18

2017년 1월 3일 초판 1쇄 인쇄
2017년 1월 6일 초판 1쇄 발행

지은이 자카예프
발행인 이종주

기획 팀 이기헌 송윤성 왕소현
책임 편집 최전경

발행처 (주)로크미디어
출판등록 2003년 3월 24일
주소 서울시 마포구 성암로 330 DMC첨단산업센터 3층 314호
Tel (02)3273-5135 **Fax** (02)3273-5134
홈페이지 rokmedia.com **E-mail** rokmedia@empas.com

ⓒ 자카예프, 2015

값 8,000원

ISBN 979-11-6048-009-2 (18권)
ISBN 979-11-255-9575-5 04810 (세트)

이것이 법이다

18

자카예프 장편소설

로크미디어

CONTENTS

사랑이 먼저냐, 몸이 먼저냐

"흐아암."

노형진은 기지개를 켜면서 입맛을 다셨다.

"피곤해 죽겠네. 가을 타나?"

이제는 완연히 가을로 들어가는 선선한 날씨.

그 날씨에 노형진은 왠지 더욱 피곤해지는 기분이었다.

"음…… 어디 보자…… 일단 먹을 게……."

노형진은 입맛을 다시면서 냉장고를 열고는 피식 웃었다.

"역시나 없군."

부모님은 아예 시골로 내려가시고 누나는 남편을 따라 가 버리고 나니 전처럼 반찬을 만들어 주는 사람이 있을 리 없다.

물론 누나야 원래 반찬을 만들어 줄 사람이 아니기는 하다

마는.

"이거 이거, 혼자 사는 사람이라고 하지만 좀 심한가?"

우유와 콘플레이크, 생수 몇 병 그리고 말린 과일 정도.

비참할 정도로 비어 있는 냉장고의 모습.

"일단은 오늘은 좀 시장을 볼까?"

노형진은 쉬는 날을 이용해 자주 가는 시장에서 먹을 것과 필요한 물품을 사기 위해 옷을 입고 나섰다. 아무리 잠만 자는 오피스텔이라고 하지만 그래도 가끔은 먹을 게 있어야 하니까.

그렇게 그가 도착한 곳은 그가 즐겨 찾는 반찬 가게였다. 워낙 솜씨가 좋아 이 근방에서도 유명한 곳이라 노형진이 시장을 볼 때면 언제나 거치는 곳이었다.

"얼레?"

그런데 노형진이 도착한 그곳은 평소와 다르게 문이 굳게 닫혀 있었다.

"이상하다? 이분이 아무런 말도 없이 쉴 분이 아닌데?"

이곳을 운영하는 아주머니는 무척이나 억척스러운 분이다. 어지간하면 쉬지 않는 데다가 쉴 일이 있으면 며칠 전에 공지를 한다. 물론 노형진처럼 오랜만에 가는 사람은 못 들을 수도 있으니 가게 입구에 언제까지 쉰다고 써 붙이는 것도 잊지 않는다. 그런데 오늘은 아무런 공지도 없이 가게 문만 굳게 닫혀 있었다.

"총각도 반찬 사러 왔나 봐?"

"어떻게 아셨어요?"

"다 큰 총각이 시장 가방 들고 그 앞에 서 있으면 뻔한 거지."

"하하하."

넉살 좋은 주변 상인의 말에 노형진은 미소를 지었다.

'공지해 주지 않아도 주변에서 이야기해 주니까.'

시장의 좋은 점이 이런 것이 아니겠는가?

"여기 언제 열어요?"

"거기? 어쩌려나 몰라."

"네?"

"언제 열지 몰라."

그 말에 노형진은 고개를 갸웃했다.

'그럴 분이 아닌데?'

휴가를 가더라도 안절부절못할 것 같은 사람이 바로 이 가게의 주인아줌마다. 그런데 언제 열지 모른다니?

"무슨 사고라도 있었어요?"

"사고? 사고라면 사고지. 에효."

"아니, 사고라면 사고라니요? 무슨 일인데요?"

"이 집 딸내미가 있잖아, 목매달았어."

"네?"

그 말에 노형진은 깜짝 놀랐다. 딸이라고 하면 그도 아는 사람이기 때문이다. 자주 본 것은 아니지만 가끔 나와서 엄마를 돕는, 싹싹하고 참한 아가씨였던 것은 기억하고 있었다. 그런데 목을 매달다니?

"왜요?"

"남자한테 실연당했다네."

"네? 고작 그걸로요?"

사람이 살다 보면 실연당할 수밖에 없다. 그 자신이 엄청난 미인이 아니라면 말이다.

아니, 그런 사람이라도 서로 맞지 않으면 끝인 게 인생이다. 그런데 실연당했다고 목을 매달다니?

"나도 자세한 건 몰라. 근데 그동안 만난 사람이 글쎄, 유부남이었다지 뭐야."

"끄응⋯⋯."

노형진은 왠지 상황을 알 것 같았다. 유부남이 마치 혼자인 것처럼 여자에게 접근하는 사건은 흔한 사건이다.

"뭐, 뻔하지."

"그렇게 말이야."

"아휴, 세상 무서워서 어디 살겠어?"

두런두런 이야기하는 상인들.

중구난방의 이야기였지만 그 내용을 파악하기에는 어려움이 없었다. 간단하게 말해 남자가 여자에게 결혼하자고 접근했는데 그걸 믿고 마치 노래처럼 몸 주고 마음 주고 사랑까지 줬지만 정작 그 남자는 유부남이었고 결혼 생각 자체가 없었다는 것이다.

"설마…… 아니죠."

하지만 그렇다고 해도 목을 매다는 것까지는 좀 심하다 싶었던 노형진은 아니길 빌면서 물어봤다.

"뭘?"

"네? 아니에요."

"뭐야, 총각. 그 애한테 관심이 있던 거야?"

"아니요. 그냥……."

보아하니 상대방 아줌마들은 노형진이 무슨 말을 하는지 모르는 것 같았다. 노형진은 그 부분은 그냥 넘어가기로 했다.

'아줌마들의 소문의 힘을 무시하면 안 되지.'

자살까지 한 걸 봐서는 애가 있을 수도 있다고 생각해서 물어본 것이지만 아줌마들은 모르는 것 같았다.

물론 확실하게 물어봐도 되지만 아줌마들의 세계에서 이런 걸 물어보면 어느 사이엔가 아이와 동반 자살했다는 식으로 소문이 날 수도 있어서 그냥 모른 척한 것이다.

"하여간 그래서 딸이 있는 병원에 가 있어. 다행히 죽지는 않았다지만."

"그렇겠네요."

다행히 죽지는 않았다. 하지만 사람의 정신은 생각보다 예민하다. 충격이 크다면 제대로 정신을 못 차릴 가능성도 있다.

"그러니까 당분간 그 집 반찬은 포기해야 할걸."

"네."

노형진은 그렇게 말하면서 몸을 돌려서 그곳을 나올 수밖에 없었다.

"그런 일이 있었대?"

"네."

노형진의 말에 남상주는 입맛을 다셨다. 그럴 수밖에 없는 게 남상주 역시 그 집의 단골 중 한 명이었기 때문이다.

"크, 큰일 났네. 우리 집 마나님 반찬은 영 아닌데."

"혼납니다."

"어쩌겠어. 그건 자기가 인정한 거야."

남상주의 아내는 모든 면에서 현모양처 스타일이기는 하지만 딱 하나, 요리 솜씨가 돌이킬 수 없는 수준인 게 문제였다. 그래서 언제나 반찬은 반찬 가게에서 사 먹는 편이었다.

"다른 집은 영 그 집 맛이 안 나는데."

"어쩔 수 없죠."

그들이 이런저런 이야기를 하고 있을 때였다.

"어?"

노형진은 회사에 들어오는 한 사람을 보고는 깜짝 놀랐다.

"저거, 그 아줌마 아니에요?"

"어? 그런데? 왜 여기 온 거지?"

고개를 갸웃하는 남상주. 하지만 노형진은 딱 느낌이 왔다.

"하나뿐이죠, 뭐."

"하나? 아…… 그런가?"

자신들이 아는 소문이 사실이라면 그녀가 여기에 올 이유는 하나뿐이다.

"어떡해? 자네가 할 거야?"

"글쎄요."

솔직히 노형진은 이번 사건은 맡을 생각이 없었다. 잘 아는 사이도 아닌 데다 이런 사건은 생각보다 어려운 일이 아니니 그가 아닌 다른 사람이 해결해도 어렵지 않으니까.

"배당에 대해 너무 터치하는 것도 좋은 건 아니죠."

"그렇기는 하지."

특수한 경우가 아닌 이상 회사의 사건 배당에 불만을 드러내는 것은 좋지 않다. 사람들이 공평하게 사건이 돌아간다고 생각할 수 있어야 불만이 없기 때문이다.

"잘 해결되었으면 좋겠네요."

노형진은 그렇게 말하고 말았고 그 사건은 그렇게 잊혀 갔다.

"혼인 빙자 간음죄요?"

"네."

자신을 찾아온 손예은을 보면서 노형진은 문득 얼마 전 아주머니가 찾아온 걸 기억해 냈다.

"혹시 그 사건, 정아름 씨 사건 아닙니까?"

"맞습니다. 아시는 사건인가요?"

"조금요."

노형진은 약간 당황했다. 정아름 씨 사건이 손예은에게 넘어간 건 이해하겠는데, 정작 이해하지 못하겠는 것은 손예은이 1심에서 졌다는 것이다.

"아무래도 그쪽에서 손을 쓴 것 같습니다. 그쪽은 정아름 씨가 혼인 상태였다는 걸 알고 있다고 주장하고 있고요."

"음……."

혼인 빙자 간음죄는 말 그대로 혼인을 약속하고는 성적·재산적 착취를 하는 것을 처벌하는 규정이다. 그런데 거기에서 지다니.

"이건 뭐…… 너무 뻔하네. 누구네 집 아들입니까?"

"대롱토건 사장 아들입니다."

"엥?"

노형진은 생각지도 못한 말이 나오자 당황했다.

"대롱요?"

"네."

"허."

대룡이라면 자신들과 아주 끈끈하게 연결된 기업이 아닌가? 그런 곳의 아들이라니?

'하긴…… 유민택 회장님이 바르다고 해서 그 아래가 다 바르라는 법은 없지.'

여러 회사로 이루어진 그룹이다 보니 그중에는 바르지 않은 사람도 있기 마련이다. 의외인 것은 손예은이 상대방이 대룡의 사람이라는 걸 알면서도 받아들였다는 것.

"대룡 사람인 거 알았습니까?"

"네, 조사 과정에서 나왔습니다."

"그런데 사건을 받아들이셨나요? 우리와 대룡의 관계를 알면서?"

"그거랑 상관없다고 생각했습니다. 대룡과 우리는 공적인 관계일 뿐이니까요. 하지만 이것은 사적인 사건이라고 판단했습니다."

무표정한 얼굴로 말하는 손예은을 보면서 노형진은 미소를 지었다.

"잘 생각하셨습니다."

물론 대룡은 중요한 거래처이기는 하다. 하지만 그건 공적인 것일 뿐이다. 애초에 송정한과 노형진이 다른 쪽으로 계속 손을 뻗은 이유 역시 대룡에 많이 기대고 있는 사건 수임 기록을 정상으로 돌리기 위해서가 아닌가?

"그나저나 이거 빨리 끝내야겠군요."

"어째서요?"

"혼인 빙자 간음죄는 헌법 소원 중입니다. 아마 없어질 가능성이 높습니다."

아니, 실제로 없어진다. 헌법 재판소에서는 혼인 빙자 간음죄가 성적 자기 결정권 침해라면서 이걸 없애 버린다.

"알고 있습니다. 그러면 차라리 시간을 끄는 게 훨씬 나은 거 아닌가요? 어차피 없어질 법이라면요."

법이 없어지면 당연히 재판도 없다. 그러면 편해진다. 하지만 노형진은 그 부분에 대해서는 확고했다.

"아니요. 그건 우리가 신경 쓸 부분이 아닙니다."

"아니라고요?"

"네, 미래에 사라질 가능성이 높다고 해서 그 법이 사라진 건 아닙니다. 운전할 때도 예측 출발은 하지 말라고 하지요. 우리가 예측해서 법을 운영하게 되면 실질적으로 변호사가 아니라 검사나 판사 같은 존재가 됩니다. 우리는 예측하는 게 아니라 현재의 법에 따라서 판단하면 됩니다. 피해자가 현재 법을 기준으로 처벌을 요구한다고 하면 그 법이 미래에 어떻게 되든 우리는 지금 규정에 맞게 고소를 넣으면 되는 겁니다."

"그런가요?"

"네, 변호사는 어찌 보면 대리인입니다. 대리인은 자기 의견에 따라 행동하면 안 됩니다. 의뢰인의 의견을 따르는 일종의 부품이니까요."

"부품……."

아마도 다른 변호사들이 들었다면 변호사를 모욕했다면서 노발대발했을 것이다. 하지만 노형진은 자신의 생각이 틀렸다고 생각하지는 않았다.

"미래에 어떻게 되든, 설사 우리가 고발한 상태에서 법이 바뀌어서 사라질 게 뻔하다 해도 그 의뢰를 받아들인 이상 우리는 그에 맞게 일해야 합니다."

"알겠습니다."

손예은은 고개를 끄덕거렸다. 미리 예측하면서 사건을 받으면 나중에는 희생자를 가려 받게 될 수도 있다. 그건 결코 변호사로서 좋은 행동이 아니다.

"그럼 가능하면 빨리 이 사건을 처리해야겠군요."

"그렇지요. 그나저나 상대방은 사전에 기혼인 걸 알고 있었다고 주장한다고요?"

"네."

"뭐, 뻔한 논리이기는 한데."

문제는 이런 사건의 경우, 증거가 마땅하게 없다는 것이다. 결국 그걸 판단하는 판사의 감이 중요한데 그 판사는 아무래도 권력과 돈의 영향을 받기 마련이다.

"일단은 이 사건은 제가 도와 드리죠."

"감사합니다."

"감사는요, 무슨. 안 그래도 먹을 게 떨어져서요."

"네?"

"아, 그런 게 있어요. 하하하."

노형진은 그냥 머쓱하게 웃었다.

⚖

"그래서 막아 달라?"

"네."

노형진은 일단 재판부터 공정하게 하기로 했다. 이미 압력이나 뇌물이 들어갔겠지만 더 이상 압력이나 뇌물이 들어가지 못하도록 막는 게 중요하다. 그리고 노형진은 그걸 할 만한 사람을 알고 있었다.

"이거 참…… 미안하군."

"미안하신 얼굴이 아닌데요?"

"일단은 양쪽 다 이야기를 들어 봐야 하니까."

아나나 다를까, 유민택은 그냥 노형진의 말만 듣고 판단하는 사람은 아니었다. 그는 인터폰을 눌러서 비서를 호출했다.

"전문광 사장더러 들어오라고 해."

"네, 회장님."

그 말에 노형진은 고개를 갸웃했다.

"지금 있나 봐요?"

"마침 오늘 사장단 회의가 있어서 말이지."

"그래요? 운이 좋다고 해야 하나?"

노형진과 유민택이 이런저런 이야기를 하는 사이에 문이 열리면서 들어온 남자.

그는 유민택을 보면서 고개를 팍 숙였다.

"부르셨습니까, 회장님."

"아, 전 사장, 이쪽과 인사 나누게. 노형진이라고 하네. 새론의 변호사네."

"반갑습니다."

무심하게 인사를 건네는 그를 보면서 노형진은 그가 연기에 능숙한 사람이라고 생각했다.

'근데 연기는 능숙한데 심리는 잘 모르네.'

새론이라고 하면 대룡의 가장 믿을 만한 아군이다. 당연히 다른 사람들은 무척이나 반갑게 인사한다. 그런데 그는 그냥 무심하게 인사를 건넬 뿐이었다.

그렇다면 그가 그러는 이유는 하나뿐이다. 바로 자식의 사건을 알고 있다는 것. 자신들이 상대 측 변호사인 만큼 반갑다고 말은 못 하고 아무렇지도 않은 척 연기한 것이다.

"그다지 반갑지는 않으실 텐데요?"

"네?"

"아시잖습니까?"

그 말에 고개를 끄덕거리는 유민택. 전문광은 감출 수 없다고 생각했는지 어쩔 수 없이 인정했다.

"솔직히 반갑지는 않군요."

"저도 그렇습니다."

생각지도 못한 장소에서 상대방을 만났으니 반가울 리 없다.

"여기까지 왜 오신 겁니까?"

"아실 텐데요?"

"모릅니다."

전문광은 자신의 치부를 말하고 싶지 않은 건지 딱 잡아뗐다. 그걸 본 노형진은 그가 가소롭다는 생각했다.

'웃기는군.'

아들이 가지고 논 상대방은 절망감에 목숨마저 끊으려고 했다.

그런데 자신은 고작 창피하다는 이유로 그걸 모른 척하는 걸 넘어서서 아예 없던 일로 만들려고 하고 있다.

"난 아는데 말이야. 할 말 있나?"

하지만 유민택은 그런 그의 창피함을 신경 쓸 위인이 아니었다. 유민택이 직접적으로 말하자 전문광을 얼굴을 찡그리면서 대답했다.

"새론은 우리 대룡의 우호 기업 아닙니까? 그러면 절 변호해야지, 저런 꽃뱀을 변호하면 안 되지요."

꽃뱀으로 상대방을 비하하면서 새론을 욕하는 전문광. 노형진은 그런 그를 바라보고 간단하게 말했다.

"그러면 우리한테 먼저 의뢰하셨으면 되잖습니까? 우리 쪽 의뢰인은 전성문 씨가 아니라서요."

"처음에는 몰랐다고 해도 대룡의 일이라면 알아서 물러서 야지요."

그 말에 노형진은 천연덕스럽게 유민택을 바라보면서 물었다.

"유 회장님."

"응?"

"대룡에서는 혼인 빙자 간음을 적극 권장하나 보죠?"

"그럴 리가 있나."

"그런데 왜 혼인 빙자 간음 사건이 대룡의 사건이 되는 거죠? 이해가 되지 않는데요?"

그 말에 전문광은 얼굴을 찌푸렸다.

회사 차원에서 그런 범죄를 적극 권장할 리 없지 않은가?

"아니면 공과 사를 구분할 줄 모르는 사람도 뽑나 봅니다."

"말이라고 하면 지금 다인 줄 아나!"

결국 폭발하는 전문광. 하지만 상대방이 좋지 않았다.

"공과 사를 구분하지 못하는 사람을 뽑은 내 잘못일세."

도리어 회장이 숙이고 들어가자 사장인 전문광으로서는 할 말이 없었다.

"그럼 공과 사는 구분할 수 있기를 기대해도 되겠지요?"

"그럼 안 그런가? 난 그런 걸 구분하지 못하는 사람을 사장으로 둔 적은 없는 것 같은데."

"네⋯⋯."

유민택이 전문광을 바라보면서 묻자 전문광은 속으로 이빨을 빠드득 갈면서도 '네.'라고 대답할 수밖에 없었다.

"그럼 난 자네를 믿네. 나가 보게."

"알겠습니다, 회장님."

전문광은 자리에서 일어나서 바깥으로 나가면서 노형진을 노려보았다. 그런 그의 눈빛을 받은 노형진은 피식 웃을 뿐이었다.

"이거, 너무 자극한 거 아닌가?"

"인재는 못되는군요."

"솔직히 말하면⋯⋯ 그렇지."

그 부분에 대해서도 유민택은 공감하는 모양이었다.

"현장에서 잔뼈가 굵은 사람이야. 그 실력이나 능력은 인정하는데 아무래도 거친 공사판에서 살다 보니 가끔 공사 구분을 잘 못하네."

"의외네요."

보통 현장에서 구른 사람은 사장까지 올라가지 못한다. 그럼에도 불구하고 올라갔다는 건 생각보다 능력은 있다는 뜻이다.

"능력만 보고 뽑았네."

"진짜 능력만 보고 뽑았네요."

"실수야."

능력만 보고 뽑았더니 제대로 된 인성을 갖추지 못한 사람이 들어온 것이다.

"그나저나 내가 이렇게 대놓고 경고했으니까 법원 쪽으로 장난은 못 칠 걸세. 자네가 원한 게 그거 아닌가?"

"하하하, 잘 아시네요."

상대방이 대룡 소속이라고 해도 반대편에 선 이상, 노형진은 자신이 쓸 수 있는 모든 카드를 써서 싸울 뿐이었다.

"그럼 전 이만 가 보겠습니다."

"그러게."

노형진이 나가자 유민택은 고민에 빠졌다.

"흠……."

그는 한참 고민하다고 전화기를 들어서 비서를 불렀다.

"문 비서, 전문광 사장에 대한 모든 자료를 가지고 오게."

— 전문광 사장 말입니까?

"그래."

— 알겠습니다.

통화는 짧았지만 유민택의 생각은 많았다.

노형진이 여기까지 왔다는 건 적당히 할 생각이 없다는 뜻이고 그건 회사 차원에서도 그다지 좋은 게 아니었다.

"전문광? 전문광? 왠지 어감이 이상하군."

그는 뭔가를 생각하다가 피식 웃고 말았다.

"반갑습니다. 노형진입니다."

노형진은 일단 피해자와 인사하면서 그 얼굴을 살폈다.

'삶의 의욕이 없군.'

고소한 것은 부모님이라 그런지, 이미 그녀의 얼굴에는 삶의 의욕이 없어 보였다. 하긴 그런 식으로 당했으니 여자의 입장에서는 살기 싫을 것이다.

"이런 사건으로 뵙게 되어서 죄송합니다."

그녀가 노형진을 아는지는 확실하지 않다. 하나 하루에도 몇백 명을 만나는 시장의 특성상 가끔 가서 물건을 사는 노형진을 기억할 가능성은 높지 않다.

"이번 사건의 경우 부모님의 의견으로 고소하신 건가요?"

"네."

"그러면 사정을 좀 들을 수 있을까요? 2심에서는 제가 담당하게 되면서 좀 자세한 사정을 듣고 싶어서요."

"……."

"하기 싫으면 하지 않으셔도 됩니다. 하지만 가끔은 분노도 삶을 지탱하는 힘이 됩니다."

"분노요?"

"네, 이 사건에서 빠진 게 뭔지 아십니까? 바로 분노입니다."

"분노……."

"너무 착하게만 사셨어요. 세상은 착하게 살면 호구일 뿐입니다. 화낼 때는 화내셔야 합니다."

노형진은 정아름의 그런 모습이 참으로 안타까웠다.

그녀의 말이 맞다면 이번 사건에서 그녀의 잘못은 아무것도 없다. 그녀의 잘못은 그저 사람을 믿은 것뿐이다. 그런데 가해자는 떵떵거리면서 잘 살고 피해자는 목숨을 버리려고 한다.

"그건 분노할 일이지, 절망할 일이 아닙니다. 그쪽은 도리어 피해자인 정아름 씨가 절망해서 죽기를 바랐을 겁니다."

"……."

"분노하세요."

"분노라고요?"

정아름은 뭐라고 말할 수가 없었다.

어머니는 언제나 말했다. 착하게 살라고, 세상에 착한 끝은 있는 법이라고. 그러니까 남을 미워하지 않고 바르게 살라고 들었다.

"화를 내라고요?"

"네."

노형진은 수많은 피해자들을 보면서 이 점이 안타까웠다.

대한민국에는 여전히 많은 문제가 있다. 그중에는 개인으로서는 어쩔 수 없는 사회적인 문제도 있다.

하지만 정부에서는 그걸 고치기보다는 그걸 개인의 문제

로 돌린다. 개인이 제대로 되지 않아서 실패한다고 말이다. 그러나 그건 개인의 문제가 아니다.

'노오오오오오력이란 말이지.'

노오오오오력은 기성세대가 젊은 세대에게 맨날 노력하지 않아 성공하지 못한다고 말하는 걸 비꼬는 표현이다. 아직은 생각지도 않은 말이지만 노형진은 그 말에 동의하지 않았다.

'솔직히 기득권 놓고 일대일로 붙으면 질 거면서.'

기성세대는 언제나 젊은 애들이 노오오오오력을 하지 않아서 성공하지 못한다고 한다. 하지만 정작 그 기득권 세대는 젊은 세대처럼 학벌도 좋지 않고, 학점도 높지 않으며, 어학연수 경험도 없다. 능력적인 면에서 보면 반도 안 되는 경우가 허다하다.

즉, 그저 운이 좋아 시대를 잘 만났다는 것.

대학만 나와도 취업할 수 있고 자격증이라고는 컴퓨터 기능사만 있어도 인정받던 시대 출신이라는 것밖에 없다. 그럼에도 불구하고 그들은 언제나 젊은 세대를 탓한다.

"'내 탓이오.'라고 생각하지 마십시오. 남 탓입니다."

기성세대가 잘못 가르치는 것 중 하나가 바로 '내 탓이오.'라는 단어다.

물론 스스로를 반성하는 것도 좋다. 하지만 왜 남의 문제까지 책임져야 한단 말인가? 그건 남 탓이지, 내 탓이 아니다.

사기당한 게 자기 잘못인가?

아니다. 사기를 친 놈이 잘못한 거다, 사기를 알아채지 못한 피해자가 아니라.

"화내세요."

"하지만 어떻게요? 솔직히 모르겠어요."

"방법은 간단합니다. 그냥 자기를 놔 버리세요."

"놓는다고요?"

"네."

하긴 착한 사람들의 문제가 이거다. 착한 나머지 자신을 놓는 걸 두려워한다.

노형진 역시 자신은 놓지 않는다. 하지만 그건 착해서라기보다는 냉철하게 분석하기 위해서다. 하지만 그런 노형진조차도 정신 건강을 위해서 가끔은 자신을 놔야 한다는 사실을 알고 있다.

"어떻게 놔야 하냐면요."

설명하기 애매한 문제다. 노형진이 뭐라고 설명해야 하나 고민하는 그때였다.

"여기지? 그 화냥년이 있는 게 여기 맞지?"

소리를 지르면서 들어오는 여자.

노형진은 고개를 돌려서 그녀를 바라보았다. 곱게 늙은 중년의 여자.

온몸을 명품으로 휘감은 그녀는 정아름을 보자마자 소리를 지르면서 달려들었다.

"이 망할 년! 어디서 꼬리를 쳐! 이 화냥년! 돈독이 올라도 아주 제대로 올랐구나! 아무것도 모르는 내 아들을 꼬셔서 사고를 쳐? 오늘 너 죽고 나 죽자!"

정아름에게 달려드는 그녀. 노형진은 그런 그 여자의 앞을 가로막았다.

"뭐야! 이 새끼야! 안 꺼져?"

"저, 이분의 변호사입니다!"

"변호사? 어디서 듣도 보도 못한 싸구려 변호사 새끼가 끼어들어! 안 꺼져? 너도 같이 죽을래?"

길길이 날뛰던 그녀를 보던 노형진은 피식 웃었다.

'보아하니 그 전성문의 어머니인 모양이군.'

노형진은 씨익 미소를 지었다. 그러고는 정아름을 돌아보았다.

"아까 물어보신 거, 대답해도 되겠네요."

"네?"

"어떻게 화내는지 모른다고 하셨죠?"

"네."

"그래서 그냥 놓으면 된다고 말씀드렸죠?"

"네."

"근데 그걸 모른다고요?"

"네."

노형진과 정아름의 대화에 그 아줌마는 더 열 받았다. 자신은 전혀 모르는 말을 둘이 주고받고 있었기 때문이다.

"지금부터 그 방법을 보여 드리겠습니다."

"네?"

"뭐라는 거여, 이 새끼가? 너 지금 죽고 싶어? 내가 누군지 알아? 내가 전화 한 통이면 넌 이 바닥에서 매장이야! 매장!"

소리를 지르는 그녀. 하지만 그 순간 믿을 수 없는 장면이 펼쳐졌다.

짝!

엄청난 소리와 함께 고개가 휙 돌아가는 그 여자.

여자는 자신에게 벌어진 일이 믿기지 않는지 붉어진 얼굴로 멍하니 있었고, 정아름은 입을 손으로 막고 있었다.

"뭐? 들도 보도 못한 변호사? 너 같은 년이 세상 모른다고 세상이 다 들도 보도 못한 곳이냐?"

"뭐…… 뭐라고?"

"왜? 너만 성질이 있고 너만 화내는 법을 아는 줄 아나 보지? 들도 보도 못했다고? 이 아줌마야, 세상은 들도 보도 못한 게 좋은 것도 있는 거야. 내 이름 듣고도 멀쩡하게 나간 인간이 얼마나 될 것 같은데?"

"이것이 미쳤……!"

짝!

하지만 이번에는 아예 말이 끝나기도 전에 따귀가 올라갔다. 그리고 연이어 터지는 따귀 소리.

짝! 짝! 짝!

결국 여자는 주춤주춤 물러나다가 바닥에 털썩 주저앉았다. 붉어진 얼굴에는 당혹감과 수치심이 가득했다.

"너…… 너……."

"어디서 봤다고 반말이야, 이 아줌마야!"

노형진의 말에 그녀는 분노로 정신을 차릴 수가 없었다.

자신이 누군가? 대룡토건 사장의 와이프다. 자신이 나가면 모두가 고개를 숙여야 했고, 모두가 우러러봐야 했다. 그런데 그런 자신이 이런 대접을 받다니.

"왜 억울해? 함바에서 등쳐 먹다가 여기까지 올라왔는데 이렇게 무시당하니까 억울해서 잠도 못 잘 것 같아?"

"뭐?"

그 말에 그녀는 순간 얼어붙었다. 자신이 함바를 운영한 것은 주변에 비밀이다.

함바란 공사 현장에서 인부들이 밥을 먹는 식당을 말하는데 워낙 돈이 많이 되는 데다가 이것저것 챙길 수 있어서 상당히 많은 사람들이 노리는 자리다.

그리고 그녀는 남편의 건설 업계에서 제법 높은 자리에 있는 것을 이용해 함바를 운영해 돈을 벌었었다.

"내가 모를 것 같아? 응? 왜 한번 덤벼 보고 싶어?"

"너…… 너…… 너……."

"내가 누군지 아느냐고? 알지. 아주 잘 알지. 전문광 사장 와이프이고 전성문 과장 엄마. 안 그래? 그러는 아줌마는 내가 누군지 알아? 어? 내가 누군지 알고 지금 덤빈 거야?"

노형진은 자신의 전화기를 들어서 주소 목록을 그녀에게 보여 줬다.

"여기 이름 보이지? 유민택. 나, 유 회장님이랑 직통 라인 가진 사람이야. 그런데 뭐? 누군지 아냐고? 당신 누군지 모르는데 유 회장님은 아나 전화나 한번 해 볼까?"

그 말에 여자의 얼굴이 사색이 되었다.

돈독이 오른 계집이니까 당연히 돈이 없어서 어디서 능력도 없는 변호사를 고용할 거라 생각했다. 딱 봐도 노형진은 젊어 보이는 것이 아무것도 모르는 초짜라고 생각했다. 그런데 직통 라인이라니?

"한번 회장님이랑 이야기해 볼래? 응?"

"……."

"지금 여기가 어디라고 와서 행패질이야? 한번 죽을 때까지 싸워 봐? 아줌마 남편, 얼마나 버는데? 1억? 2억? 장난해? 고작 그 푼돈 번다고 지금 잘났다고 내 앞에서 이러는 거야? 콩나물값을 500원으로 깎던 그 시절로 돌려보내 줘? 개구리 올챙이 시절 모른다더니 다시 한 번 올챙이가 되어 볼래? 응?"

"누…… 누구신지?"

"하! 기가 막히니. 내 이름도 모르면서 어디 남 보고 듣도 보도 못한 놈이래?"

"……."

노형진의 말에 그녀는 어느 정도 감이 오기 시작했다.

자신이 아는 사람 중에 유민택 회장과 직통 전화가 가능하고, 대룡과 밀접한 관계를 가지며, 또한 이렇게 어린 사람은 한 명뿐이었던 것이다.

'하지만 어째서…….'

그런 사람은 한 명뿐이다. 그런데 어째서 그런 사람이 고작 이런 사건을 하는지 그녀로서는 이해할 수가 없었다.

하긴 이해가 가능할 리 없다. 그녀의 상식으로는 그런 사람은 최소 수십억대 사건만 담당하니까.

"그……."

"왜 때리니까 억울해? 신고해. 내가 112 불러 줄까? 한번 경찰에 신고하고 무슨 꼴 나나 볼까? 응? 까짓 벌금 내고 말지, 뭐. 1억이 나오겠어, 2억이 나오겠어? 근데 내가 그렇게 벌금 내고 나서 당신 재산 지킬 자신 있어? 도대체 재산이 얼마나 있는지 모르지만 한번 궁금하네. 한번 까 봐? 그 재산을 어떻게 만들었는지 알아내기 시작하면 참 재미있을 것 같은데 안 그래? 응?"

"……."

그녀는 말을 할 수가 없었다.

그럴 수밖에 없는 게 솔직히 월급으로 이 재산을 만들 수

는 없다. 함바 하면서 빼돌린 돈과 내지 않은 세금까지, 모든
것이 다 위법이니까.

"와, 아줌마, 억울한 모양인데 내가 자수하지, 뭐. 정상참
작돼서 벌금 한 300만 원쯤 나오겠네."

노형진이 전화기를 들고 전화를 걸려고 하자 그녀는 그런
그를 잡았다.

"아…… 아닙니다."

"왜 안 억울해? 응? 억울하잖아? 신고해서 엿 먹이고 싶
잖아? 안 그래?"

"그……."

"그럼 자수해 준다니까."

"아닙니다. 제가 잘못했습니다. 교양 없게 병원에서 이러
는 거 아닌데……."

"교양? 교양 같은 소리하고 자빠졌네. 함바에서 노가다꾼
한테 밥 팔던 인간이 무슨 교양이야? 조또 아닌 신분으로 교
양 따지고 싶어?"

"……."

그녀는 입술을 깨물었다. 하지만 반박할 수가 없었다. 아
니, 해서는 안 되는 것이다. 상대방이 금전으로 싸움을 걸면
자신들은 이길 수가 없다.

"죄송합니다. 제가 흥분해서……."

"사과를 왜 나한테 해? 나는 변호사야. 피해자는 여기 정

아름 씨랑 같은 방에 있는 분들이라고."

"그……."

"뭐, 난 사과받지 않아도 돼. 자수하면 되니까."

"사과하겠습니다."

결국 그녀는 방 안에 있던 모든 사람들한테 일일이 고개를 숙여서 사과하고는 힘없이 몸을 돌려서 병실 바깥으로 나갔다. 그러자 노형진은 그걸 보면서 피식 웃었다.

"어……."

정아름은 당황해서 말도 못 했다.

그때 같은 병실에 있던 다른 환자 한 명이 손뼉을 치기 시작했다.

"이야! 젊은 총각이 화끈하네."

"아휴, 10년 묵은 체증이 확 내려가는 기분이네."

"그러게 말이야. 저렇게 살고 싶을까?"

정아름이 어떤 상황인지 알고 있던 병실의 사람들은 그런 노형진에게 환호성을 보냈고, 노형진은 마치 인사하듯 정중하게 고개를 숙였다.

"자, 이게 화내는 법입니다. 그냥 예의고 나발이고 다 놓고 나오는 대로 하면 됩니다. 저쪽이 인간이 아닌데 인간으로 대해 줘 봐야 바뀌는 건 없거든요."

"하지만……."

정아름은 그 장면을 보면서 속에서 뭔가 쑥 내려가는 느낌이었다. 진짜로 속에서 시원해지는 그런 느낌.

"하지만 전…… 노 변호사님이 아니잖아요."

노형진에 대해서 잘 알지 못한다. 하지만 딱 봐도 사장 와이프조차도 함부로 못하는 사람이라는 건 알 수 있었다. 그런 사람이 화내는 것과 자신같이 힘없는 사람이 화내는 것은 그 반응이 다르다.

"압니다. 하지만 절 고용하셨지요."

노형진은 그런 정아름의 손을 잡으면서 미소로 다독거렸다.

"변호사는 검입니다. 저와 계약한 순간 전 당신의 검이고 당신이 휘두를 수 있는 무기입니다. 그러니까 화내도 됩니다."

그 말에 정아름은 속에서 뭔가가 불처럼 일어나는 것을 느낄 수 있었다.

"아주 소설을 써라. 소설을."

노형진은 주변에서 들리는 소문을 들으면서 혀를 끌끌 찰 수밖에 없었다. 그럴 수밖에 없는 게 요즘 소위 법률에 정통한 파워 블로거라는 녀석들의 글을 보면 기가 차서 말이 안 나올 지경이었던 것이다.

"이 녀석은 도대체 뭐야?"

그중에서 가장 골 때리는 것은 속칭 '얼음 왕자'라고 하는 놈의 글이었다.

−실질적으로 대룡과 새론의 관계는 끝났다고 봐도 무방하다. 기본적으로 모든 법률 회사는 특정 기업을 대행할 때는 그 기업에 대

한 어떤 부정한 사건도 담당하지 않는 것이 예의다. 그럼에도 불구하고 새론은 단순한 돈벌이에 급급한 나머지 대룡을 적으로 하는 사건을 무차별적으로 받아들였다. 이는 상도덕에 어긋나는 행동이며 그러한 행동은 규탄받아야 마땅하다. 대룡을 적대한 상황에서 대룡으로서는 그들과의 관계를 재정립할 수밖에 없는 상황이 되었다. 이 경우 가장 확실한 것은 새로운 거래 법인의 개척이다. 현재 가장 높은 후보로 보이는 곳은······.

문제는 그런 블로그들이 제법 많이 보인다는 것이었다.

"이 말이 사실인가요?"

사건을 받아들인 손예은은 왠지 걱정스러운 눈빛이었다. 하지만 노형진은 전혀 걱정하지 않는다는 표정으로 화면을 꺼 버렸다.

"반만 사실이죠."

"그런가요?"

"하지만 우리한테는 해당 사항이 없습니다."

"네?"

"적대적인 사건은 받지 않는다. 그건 사건을 변호하기 위해 받은 자료를 적대적인 사건에서 공격용으로 쓸 수 있기 때문에 그러는 겁니다. 확실히 그건 상도의에 어긋나지요. 하지만 그건 어디까지나 기업 간의 사건에 한합니다. 이 사건은 대룡의 사건이 아닌 대룡에서 사고를 친 개인의 사건일 뿐이니까요."

"하지만……."

"그러니까 우리나라가 발전하지 않는 겁니다. 개인은 집단이라는 식으로 받아들이니까요. 하지만 개인은 집단이 아닙니다. 개인은 개인일 뿐이며 집단은 그러한 개인들이 모여서 만들어진 겁니다. 개인에 대해 고소를 진행했다고 집단과의 관계가 틀어진다는 건 그 집단이 정상적인 집단은 아닌 거죠. 고장 난 부품이 있다고 차를 폐차시킬 수는 없지 않습니까?"

그 말에 손예은은 고개를 끄덕거렸다.

"손 변호사가 걱정하는 그런 일은 벌어지지 않을 테니까 걱정하지 마세요."

노형진은 그런 손예은을 다독거렸다.

"그럼 왜 이런 소리가 나오는 거죠?"

"홍보죠."

"네?"

"인터넷에서 잘 보세요, 어떤 글이 보이는지."

그 말에 손예은은 몇 번이나 그 글들을 살펴보고는 공통점을 알 수 있었다. 그들의 이야기에는 특정 로펌이 강력한 후보로 제시되어 있었다.

"왜 이런 짓을?"

"이름을 널리 알릴 수 있는 기회니까요."

이렇게 하면 자신들은 새론과 거의 동급으로 취급받는 로펌이 된다. 그러니 어디선가 그런 생각을 가지고 홍보하기 위해 전문적인 블로그 작업 업자를 고용한 것이 틀림없다. 기자들이 이런 걸 내줄 리는 없으니까.

"이렇게 하면 당분간은 새론과 대룡을 검색하면 해당 로펌이 연관 검색어로 뜰 테니까요."

"아!"

"기본적으로 이번 사건은 우리와 대룡의 관계에 어떤 영향도 주지 못합니다."

그건 다들 알고 있다. 하지만 피해자들은 모른다. 그들은 대룡과 관계가 벌어진 새론이 힘이 빠졌다고 생각할 테고 그러면 후보로 강력하게 추천받고 있는 다른 로펌으로 가게 될 것이다.

"좀 치사한 짓이죠."

노형진은 그렇게 말하기는 했지만 그다지 말리거나 항의할 생각은 없었다. 결국 이쪽도 경쟁 체제로 돌아가기 마련이다. 하는 짓은 치사할지 몰라도 이것은 위법 사항이 없는 경쟁의 한 부분일 뿐이다.

'뭐, 하려면 못할 것도 없지만.'

허위 사실 유포로 고발하지 못할 것은 없다. 하지만 노형진은 그렇게까지 할 생각은 없었다. 경쟁 체제에 익숙한 기업이 나온다는 것은 피해자들에게 득이 되기 때문이다.

'변질만 되지 않는다면 말이지.'

"그러면 이제 어떻게 하실 건가요?"

"글쎄요……. 일단은…… 소송에서 이기는 게 중요하죠."

노형진은 심각한 얼굴로 서류를 살피기 시작했다.

"가장 큰 문제는 피해자인 정아름 씨가 과연 전성문이 유부남인 것을 알았느냐는 건데."

노형진의 개인적인 생각으로는 그럴 가능성은 낮았다. 잘 아는 사람은 아니지만 하나를 보면 열을 안다고, 힘든 어머니를 위해 시장까지 나와서 일을 도와주는 여자가 돈 때문에 유부남을 만난다고 보기에는 무리가 있으니까.

'그리고 가장 흔하게 나오는 변명이고 말이지.'

사법계에는 고정적인 변명이 있다. 어떤 사건이 벌어지면 그 책임을 피하기 위해 하는 거짓말.

강간범들은 합의하고 했다고 주장하며, 사기꾼들은 투자라 주장하고, 절도범들은 생계형이라고 주장한다. 그리고 혼인 빙자 간음죄의 경우에는 상대방이 결혼한 것을 알고 있었다고 주장한다. 그럼 그건 단순히 성적인 관계의 유지로 성립된다.

"문제는 대부분의 경우 증거가 없다는 거죠."

"네."

혼인 빙자 간음죄에서 가장 큰 문제가 되는 것은 피해자가 그걸 몰랐다는 걸 증명해야 한다는 점이다. 문제는 그걸 증명하는 게 쉽지 않다는 것이다.

"상대방은 그걸 알고 이용한 것 같고 말입니다."

정아름은 그와의 문자 기록을 제출했지만 그 문자 기록상에서 보면 그가 혼인에 대해 언급한 적이 없다. 더군다나 이야기를 들어 보니 결혼 이야기를 한 건 언제나 만났을 때뿐이라는 것이다. 심지어 전화상으로도 그 이야기는 하지 않았다고 한다.

'결과적으로 이 녀석도 혼인 빙자 간음에 대해 알고 주의하고 있다는 뜻인데.'

그렇지 않다면 이렇게 주의할 리 없다. 사람은 연인을 만나면 미래에 대해 이야기하고 싶어 하기 마련이다. 그런데 미래에 대해 이야기하지 않는 연인 사이라니. 결과적으로 다른 이유가 있지 않은 이상 그럴 이유가 없다.

'그리고 그 이유는 거짓말하고 있다는 뜻이겠지.'

노형진은 그의 거짓말을 깰 수 있는 다른 방법을 생각하기 시작했다.

"다른 기록은 없습니까?"

"다른 기록요?"

"네, 다른 사건으로 고발당했다거나."

"애석하게도 그런 건 없습니다."

"그런가요?"

"네."

혼인 빙자 간음죄는 시중에 널리 알려진 범죄이기는 하지만 또 반대로 널리 알려진 만큼 잘못된 정보도 많다.

"사전에 혼인 빙자 간음으로 고발당한 적이 없다면 주변에서 누군가 알려 줬다는 소리군요."

그 말에 손예은은 얼굴을 찌푸렸다.

"설마요."

"설마라고 하기는 좀 그렇지요. 청계의 일도 있지 않습니까?"

"네?"

"청계 말입니다."

노형진은 직감적으로 뭔가 있다는 사실을 알아차렸다.

법무 법인 청계. 이제는 사라진 범죄 설계 집단.

'그러고 보니 그들이 다 사라진 건 아니지.'

수뇌부 중 일부는 처벌받았지만 대부분의 변호사들은 여전히 변호사로 일하고 있다. 대한민국에서는 단 한 번도 변호사 자격이 박탈된 적이 없다. 그만큼 그들의 세계는 공고하다.

"혹시 청계의 변호사가 해 준 거라 생각하세요?"

"그럴 수도 있군요. 이번 사건 담당이 누구죠?"

노형진은 상대방 변호사의 기록을 확인하기 시작했다. 소장에는 변호사의 이름이 적혀 있으니 그걸 보고 변호사 협회에서 검색하는 건 어려운 일이 아니었다.

"음……."

그러고는 얼굴을 찡그렸다.

"일단 법무 법인 청계 소속이었던 건 맞군요."

"설마……."

"네, 범죄를 설계했을 가능성이 높네요."

"그러면 증거도 모여 있겠군요."

"그게…… 그럴 가능성은 낮아 보입니다."

"네?"

손예은은 깜짝 놀랐다. 법무 법인 청계는 약점으로 잡기 위해 자신들이 설계한 범죄에 대한 모든 증거를 남긴다. 그런데 가능성이 낮다니?

"이번 사건의 가해자 측을 담당하는 변호사는 전태훈이네요."

"설마?"

"전 씨 성을 가진 사람이 많은 건 아니죠."

더군다나 기록에 따르면 전태훈과 전성문은 초등학교, 중학교, 고등학교까지 같이 나왔다.

"친척이군요."

"아……."

"아마 뭔가를 노리고 한 설계는 아닐 겁니다."

그저 트로피 삼아서 여자를 가지고 놀 수 있게 도와준 것에 지나지 않는 듯했다. 그렇다면 당연히 증거도 남아 있지 않을 가능성이 높다.

"2심이니까 일단 공평해졌기는 할 텐데."

1심은 분명 전문광이 손을 썼을 것이다. 하지만 이번은 2

심이니 판사가 바뀐다.

'그렇다고 해도 여전히 저들이 유리하단 말이지.'

없는 것을 증명하는 건 불가능에 가깝다.

더군다나 이 사건은 형사사건. 그가 직접 사건에 끼어들어서 하는 게 아니라서 증거를 수집하고 의견서를 내고 나면 할 수 있는 것이 없다.

"그러고 보니……."

노형진은 고개를 갸웃했다.

"2심까지 왜 갔지요?"

"네?"

"이런 사건은 보통 1심에서 끝나지 않습니까?"

"그런가요?"

"네."

혼인 빙자 간음죄는 형량이 큰 것도, 큰 실적으로 인정받는 것도 아니다. 더군다나 상대방이 대룡토건의 사장쯤 되고 검사라면 당연히 판사가 그들에게 넘어갔다는 것쯤은 알 수 있었을 것이다.

'그런데 2심으로 바로 넘어갔다?'

기록에 따르면 2심을 신청한 날짜는 판결 난 날짜로부터 이틀 후.

문제는 이 시점이면 아직 피해자나 변호사가 1심 결과를 받은 날짜가 아니라는 것이다. 일반적으로 판결문은 끝나고 사흘째에 받으니까.

'즉, 검사가 변호사의 의견을 묻지 않고 독단적으로 2심을 넣었다는 건데.'

일반적으로 이런 사건이 변호사나 피해자들의 강력한 항의를 받아 2심을 신청하는 걸 제외하면 상당히 이례적인 일이다.

"한번 담당 검사를 만나 봐야겠군요."

"담당 검사를요?"

"네, 혹시 개인적으로 아시는 사이는 아니죠?"

"아닙니다."

그렇다면 서로 아는 사이라서 항고했다는 뜻은 아니다.

"일단 이 사람을 만나 봐서 이야기해야겠습니다."

노형진은 직감적으로 그가 열쇠를 쥐고 있다는 사실을 느꼈다.

"노형진입니다."

"서태웅입니다."

30대 중반으로 보이는 검사는 단단해 보이는 건장한 남자였다. 그는 노형진에게 자리를 권하고 맞은편에 앉았다.

"그나저나 어쩐 일이십니까?"

"이번에 제가 정아름 사건을 담당하게 되었습니다."

"네? 노 변호사님이요? 놀랍군요."

"그게 놀라운 일인가요?"

"그럼요. 노형진 변호사님이야 유명한 분 아닙니까?"

노형진은 그렇게 대화하면서 그의 기색을 잘 살폈다. 그리고 그가 왠지 반가워하는 느낌을 받았다. 보통 그런 걸 반가워할 일은 없다.

'그렇다면 이유는 한 가지뿐이군.'

노형진은 그에게 한번 돌직구를 던져 보기로 했다.

"전성문과 악연이 깊은가 보네요?"

"네?"

"전성문에 대해 좀 아시는 것 같아서 말입니다."

그는 약간 당황하다는 얼굴이 되더니 슬쩍 바깥을 보고는 일어나서 문을 닫았다. 그러고는 다시 자리로 와서 앉아서는 목소리를 낮춰서 물어봤다.

"어떻게 아신 겁니까? 설마 제 뒷조사라도 하신 겁니까? 그런다고 해도 안 나올 텐데요?"

"거의 바로 항고하셨더군요. 항고장을 쓸 시간이 필요하다는 걸 생각하면 처음부터 질 걸 예상하고 항고 준비를 하셨다고 봐야 해서요. 그런 경우는 한 가지뿐이죠."

"허."

서태웅은 깜짝 놀랐다.

노형진이 날카로운 변호사라는 소리는 많이 들었다. 하지만 단순히 자신이 항고했다는 것만으로 자신과 전성문이 악연을 가지고 있다는 사실을 알아낼 거라고는 생각도 못 했다.

"명불허전이라고 하더니 대단하시네요. 비밀은 지켜 주시는 거죠?"

"그럼요. 검사와 가해자의 사이가 나쁘다면 우리야 좋지요."

노형진이 미소를 보이자 서태웅은 안도의 한숨을 내쉬었다. 원래 검사나 판사는 피해자나 가해자와 개인적인 관계가 있을 경우, 그 사실을 고지하고 다른 사람에게 사건을 넘겨야 하기 때문이다.

"뭐, 대학교 동기입니다."

"그것만으로는 설명이 되지 않는데요?"

"저 녀석의 이런 짓이 대학 때도 유명했거든요."

"좋아하는 분이 당했나 봅니다."

"그건 또 어떻게 안 겁니까?"

"아까 기록에는 나오지 않을 거라고 하지 않았습니까?"

"이런, 이런, 노형진 변호사님 앞에서는 진짜 입조심해야겠습니다."

서태웅은 혀를 내둘렀다.

실제로 대학에 다닐 때 그 녀석은 이런 식으로 여자를 건드리는 것으로 유명했고 그 당시 희생자 중에는 서태웅이 좋아하던 여자 선배도 있었다. 고백도 해 보기도 전에 전성문이 먼저 건드리고는 버리는 바람에 충격받은 선배는 학교를 그만둬 버렸다.

"그래요? 학교에서 유명했나 보군요."

"네."

아버지도 잘나가는 데다가 그 자신도 공부를 잘하는 편이었다. 그러다 보니 방탕한 삶을 살았다고 한다.

"그 녀석이 혼인 빙자 간음죄로 왔다는 걸 알고는 왠지 납득이 가더군요."

"자기 버릇은 개 못 준다고 하죠."

"하하하."

노형진은 왜 그가 문자나 전화로 결혼 이야기를 하지 않았는지 알 것 같았다. 원래 그런 녀석이라면 경험도 많은 데다가 전태훈이 조언을 아끼지 않았을 테니까.

"그래서 항고하신 거군요."

"네."

그의 성향을 알고 있으니 피해자의 말이 맞다는 걸 알고 바로 항고한 것이리라.

'그나마 썩은 검사는 아니군.'

썩은 검사라면 알았다 해도 항고하지 않았을 것이다. 그리고 판사에게서 넌지시 어떤 말을 들었을 수도 있다. 그럼에도 항고했다는 것은 피해자의 편에 서겠다는 뜻이리라.

"그래서 방법은 찾으셨습니까?"

"아직은 못 찾았습니다."

노형진이라고 해도 무에서 유를 만들어 낼 수는 없다.

"솔직히 저도 그렇습니다. 이 녀석이 한두 번 해 본 게 아닌지라 여러모로 곤란하네요."

엄밀하게 말하면 이 사건에서 입증 책임은 검사에게 있다. 형사사건이다 보니 피해자 측 변호사는 피해자를 보호하고 조언해 주는 수준에서 벗어나기 힘들어서다.

"그러면 그동안 모은 기록을 볼 수 있을까요?"

"기록을요?"

"네, 아무래도 우리가 정보를 모으는 데에는 한계가 있으니까요."

아무리 노형진이 따로 정보 팀을 운영하고 있다고 하지만 공권력이 아니다 보니 접근할 수 있는 정보에는 한계가 있다.

"원래는 따로 신청해야 합니다만?"

"압니다. 하지만 시간이 없지 않습니까?"

피해자 측 변호사는 검사 측 기록을 열람 신청을 하여 볼 수 있다. 문제는 그걸 신청하고 볼 때쯤이면 2심이 끝날 수도 있다는 것.

'3심이 있기는 하지만.'

문제는 3심은 법률심이다. 즉, 해당 사건이 법에 제대로 적용되었는지를 보는 것이지, 사건 자체를 보는 게 아닌지라 이런 사건은 기각될 가능성이 높다. 그렇다면 사건은 그걸로 끝이다.

"좋습니다. 다만 여기서 보셔야 합니다."

"감사합니다."

노형진은 서류철을 받아서 쭈욱 살피기 시작했다. 사건 자체는 단순한 만큼 그 증거 기록 자체는 그다지 특이할 건 없었다.

'대부분이 피해자인 정아름이 제출한 거야. 검찰 측에서 준비하는 건 기껏해야 여행 기록 같은 건데.'

딱히 특별한 게 없는 기록들. 이런 식이면 당연히 검사가 반박할 만한 게 없었다.

'흠…….'

노형진은 자신을 뚫어지게 바라보는 서태웅에게서 부담을 느꼈다.

'이거참…… 내가 찾아내기를 바라는 모양이군.'

하긴 자신으로서도 답이 없으니 노형진의 도움을 바라는 것이리라. 그게 아니라면 여기서 바로 보여 줄 이유가 없다.

"음?"

노형진은 기록을 살피다가 뭔가를 발견하고는 씩 웃었다.

"뭔가 찾으셨습니까?"

"네."

"뭔가요?"

"이거요."

"그건 그냥 해외여행 기록인데요?"

"그렇지요."

노형진이 집어낸 것은 해외여행 기록이다. 당연히 특이할

게 없는 기록이다.

"이게 왜요?"

"이건 우리 피해자랑 간 여행 아닙니까?"

"알고 있습니다. 하지만 연인끼리 여행을 가는 것은 흔한 일 아닌가요?"

"그렇지요. 하지만 한 가지 가능성이 있어서요."

"어떤?"

"잠시만요. 인터넷 좀⋯⋯."

"아, 네, 쓰세요."

서태웅은 노형진에게 자리를 비켜 줬고 노형진은 인터넷을 뒤져서 관련 기록을 찾아냈다.

"이거 보이시죠?"

"이건?"

"네, 장소와 날짜가 똑같습니다."

거기에는 모 회사에서 운영하는 신혼여행을 위한 이벤트 상품이 등록되어 있었다. 이미 기한은 지난 행사지만 홍보를 위해 인터넷에 뿌린 정보는 그대로 있었던 것이다.

"이게 왜요?"

"저도 우연히 이 광고를 봤던 기억이 있어서요."

"광고?"

"네, 연인들을 위해 풀 패키지를 저렴한 가격에 지원해 주는 행사였지요."

"그런데요?"

"그런데 여기 보세요. 필수용품이 있습니다."

"필수용품요? 여행을 가는데 무슨 필수용품이…… 어?"

거기에는 신청 자격으로 결혼이나 결혼 예정임을 증명할 수 있는 서류를 제출해야 응모가 가능하다고 되어 있었다.

"왜 이런 걸 요구한 거죠?"

"가격이 싸니까요."

연인 패키지라고 하지만 절반도 안 되는 가격에 나온 행사 상품이다. 당연히 수많은 사람들이 지원하려고 할 수밖에 없다.

"그중에는 가짜도 있을 테니까요."

"아!"

회사의 입장에서는 수많은 신혼여행 부부에게 홍보하기 위해 적자를 감수하고 하는 행사이다. 그런데 그곳에 가짜 커플이 끼어드는 것을 바랄 리 없으니 당연히 그들이 연인인 것을 증명할 수 있는 뭔가를 요구할 수밖에 없다.

"뭐, 뽀뽀 사진 같은 걸 요구할 수는 없지요."

"그렇겠네요."

그런 건 어렵지 않게 만들어 낼 수도 있는 사진이다. 수백만 원을 아낄 수 있는데 누가 뽀뽀 정도 안 하겠는가? 그렇다고 주변에서 사귄다는 증명서를 써 줄 리는 만무하다.

"가장 확실한 건 결혼 예정임을 증명할 수 있는 청첩장이나 결혼식장 계약서일 겁니다."

"아!"

서태웅은 그 말에 눈이 커졌다.

확실히 그렇다. 여기에는 분명 청첩장이나 결혼식장 계약서 등을 함께 제출해야 증명할 수 있다고 되어 있다.

"결혼식장 계약의 경우는 아무래도 계약금도 걸어야 하니 아마 곤란하겠지요."

"그럴 겁니다."

"하지만 청첩장은 인쇄소에서 돈을 조금만 내면 해 주는 걸로 알고 있습니다."

어떤 인쇄소도 결혼 증명을 받아 가면서 청첩장을 만들어 주진 않는다. 더군다나 소량 인쇄라면 그다지 돈은 들지 않는다.

"인쇄소…… 인쇄소……. 잠시만요."

바로 그의 카드 기록을 뒤지기 시작한 서태웅은 여행을 가기 얼마 전에 서울에 있는 인쇄소에서 결제한 내역을 찾을 수 있었다.

"잡았습니다. 흐흐흐."

⚖️

"이 사람들?"

"네."

인쇄소 사람은 시큰둥한 얼굴로 사진을 보면서 대답했다.

이것이법이다

"왔다 갔지. 확실히 다른 사람들하고 다르게 조금만 주문해서 기억해."

"그래요?"

서태웅과 함께 온 노형진은 그 말에 얼굴이 환해졌다.

"그래, 꼴랑 열 장이 뭐야. 열 장이. 최소량이 쉰 장이라니까 남자가 투덜거리더라고. 그래서 쉰 장을 하기는 했지."

"그래서요? 혹시 무슨 말을 하던가요?"

"뭐, 여자는 결혼하기로 결정한 것도 아닌데 이런 거 하는 거 아니지 않느냐고 하고 남자는 어차피 결혼할 사이에 미리 예행연습 삼아서 하는 거니까 나쁘게 생각하지 말라고 하더라고."

"그래요?"

"그래, 하여간 얼마나 여자한테 찝쩍거리던지."

남자의 말에 노형진은 기회를 잡았다는 것 알 수 있었다. 서태웅 역시 드디어 잡은 기회에 미소를 떠올렸다.

"그거 증언해 주실 수 있죠?"

"그건 좀……."

노형진이 말하자 그 인쇄 업자는 귀찮다는 표정이 되었다. 하지만 서태웅이 나서자 대번에 돌변했다.

"아무래도 증언해 주셔야 할 것 같은데요?"

서태웅이 검사 신분증을 내밀자 그는 잽싸게 얼굴에 미소를 떠올렸다.

"그래야지요. 하하. 안 그래도 남자가 나쁜 놈 같았어요.

하하하."

그걸 보고 노형진은 그가 켕기는 게 있다는 사실을 알았다.

'뭐, 그거야 내가 신경 쓸 게 아니지.'

사실 이런 곳에서 켕긴다고 해 봐야 결국은 세금을 내지 않으려고 현금으로 돈을 받는 정도일 것이다. 그건 노형진과 하등 관계가 없는 일이고 고발할 생각도 없었다.

"그럼 감사합니다."

결정적인 증거가 나타나자 서태웅은 신이 났다. 짝사랑이라고 해도 결국은 사랑이다. 그런데 그런 짝사랑 대상이 무너지는 것을 보면서 얼마나 힘들어했던가?

'늦었지만 복수하네.'

아주 많이 늦었지만 말이다.

"아, 그러고 보니."

복은 혼자 오는 게 아니라고 했다. 그 주인장은 슬쩍 눈치를 살피면서 입을 열었다.

"그 청첩장이 남았는데요."

"뭐라고요?"

"그거 남았어요. 드릴까요?"

"그게 남았다고요?"

"네, 그 사람들이 필요한 건 하나뿐이라고 하면서 하나밖에 안 가져갔거든요. 그래서 사람들한테 샘플용으로 보여 주려고 그냥 뒀는데요."

확실한 물증이 증인과 더불어서 찾아왔다.

⚖️

"잘될까요?"

"네, 잘될 겁니다."

노형진은 다독거리면서 정아름을 진정시켰다. 형사 건인 만큼 그녀가 직접 가지는 않았지만 그래도 재판 결과를 기다리는 것은 다르지 않다.

'많이 나아져서 다행이야.'

그냥 자신의 감정을 놓으라는 노형진의 조언이 잘 맞은 것일까? 그녀는 그날 이후 심각한 감정 기복을 보이면서 울고 불고 난리를 치더니 이제는 많이 괜찮아졌다.

'한국인의 질병 중 화병이라는 게 있다지?'

심지어 영어사전에 '화병'이라는 뜻의 고유명사로 등재되어 있는 이 병은 한국인 특유의 병으로, 모든 분노를 속으로 삭여서 일어나는 병이다. 하지만 그걸 한번 내놓으면 사람은 훨씬 편해진다. 마치 정아름처럼 말이다.

"그럼 이제 어떻게 되나요?"

"일단 판결이 나오면 저쪽에서 항고하려고 할 겁니다."

하지만 이런 사건은 항고를 잘 받아 주지 않는다. 즉, 이번이 노형진에게도 그들에게도 마지막 기회라는 소리다.

"아마 지금쯤 재판이 끝났을 건데요."

노형진은 핸드폰을 뚫어져라 바라보고 있었다. 원래는 우편으로 재판 결과를 보내 주지만 이번에는 자신에게 전화해 줄 사람이 있다.

"생각보다 오래 걸리는……."

그 순간 울리는 핸드폰에 잽싸게 전화기를 받아 드는 노형진.

"여보세요. 노형진입니다."

─접니다. 서태웅.

"아, 서 검사님. 뭐라던가요?"

노형진은 다급하게 물었고 노형진의 질문에 서태웅의 털털한 웃음소리가 흘러나왔다.

─하하, 이겼습니다. 증언도 있고 심지어 물적 증거까지 있으니까요. 1년 6개월 실형이 나왔습니다.

"나이스!"

노형진은 주먹을 불끈 쥐었다. 그리고 그걸 본 정아름 역시 이겼다는 사실에 벅찬 얼굴이 되었다.

"생각보다 많이 나왔네요?"

─제가 피해자들을 찾아서 설득했거든요.

"아!"

전과는 없다고 하지만 전부터 그런 걸 했다는 사실이 아무래도 처벌에 큰 영향을 준 모양이었다.

─하하하, 덕분에 저도 시원하게 복수했습니다.

"감사합니다."

―별말씀을요.

서태웅의 말에 노형진은 한마디 더 해 주기로 했다.

"그나저나 복수는 아직 끝나지 않았습니다."

―네?

"그 녀석, 사기랑 사문서 위조까지 하지 않았습니까?"

―아아.

확실히 청첩장을 이용해서 특혜를 봤고 거기에 계획에 없는 청첩장을 만들어서 사문서 위조까지 했으니 그것도 형사처벌 대상이다.

―이거, 다시 만나는 날이 기대되는데요. 후후후.

서태웅은 주먹을 불끈 쥐었다.

⚖️

"그래서 결국은 인생 종치게 만들었구만."

유민택은 예상이나 했다는 듯 고개를 끄덕거렸다.

"네."

사기와 사문서 위조, 혼인 빙자 간음으로 전과가 줄줄이 달리고 나자 사장의 아들이라고 해도 회사에서 버틸 수가 없었다. 애초에 실형이 나온 이상 회사에서 그냥 둘 리도 없고 말이다.

"그나저나 전문광은 뭐라고 합니까?"

"전전 사장 말인가? 모르지. 볼 수가 없으니."

"네?"

"뭐, 자네 말이 맞는 것 같더군. 현장 감각도 중요하지만 인성도 중요해."

뭔가를 턱 던지는 유민택.

"그 인간이 벌인 일들이네."

"많네요?"

"아무래도 건설 쪽은 엄청난 이권이 왔다 갔다 하니까."

현장 중심으로 하겠다고 생각해서 현장에서 끌어 올린 것이 전문광 사장이었다. 하지만 현장에서 해 먹던 버릇을 못 고친채로 들어온 것이 문제였다.

"결국 '전'이라는 이름이 붙었지."

"전전 사장이라 어감이……."

"묘하지?"

유민택은 피식 미소를 지을 뿐이었다. 그 말에 노형진 역시 피식 웃었다.

"뭐가 그렇게 웃긴가?"

"그냥 어떤 분이 생각나서요."

"어떤 분?"

"네, 아마 그분은 지금쯤 제가 누군지 뼈저리게 느끼고 있겠네요. 하하하."

노형진의 말에 유민택은 고개를 갸웃할 뿐이었다.

아줌마의 권력

딩동딩동딩동딩동.

노형진은 끊임없이 울리는 벨소리에 귀를 막고 움찔거렸
다. 오랜만에 쉬는 날. 그 아침의 즐거움을 만끽하고 싶었던
것이다. 하지만 그럴 수가 없었다.

쾅쾅쾅!

딩동 소리를 넘어서 이제는 문 두들기는 소리. 그리고 그
너머에서 들리는, 째지는 목소리.

"1101호 총각! 거기 있는 거 다 알아! 나와!"

"우우……."

"안 나오면 관리실에 문 따 달라고 할 거야!"

노형진은 상대방의 목소리에 어쩔 수 없이 힘겹게 일어나서 비비적거리면서 입구로 향했다.

"좀 쉬자…….."

어젯밤에도 늦게까지 서류를 정리하느라고 제대로 쉬지 못했던 터라 노형진은 잠이 절실했다. 하지만 아무래도 상대방이 그냥 갈 것 같지 않았기 때문에 어쩔 수 없이 문을 열고 바깥을 빼꼼 내다보았다.

"누구세요?"

"나? 부녀회장이야."

"부녀회장요?"

노형진은 고개를 갸웃했다. 물론 부녀회장이 어떤 존재인지 모르는 건 아니다. 하지만 자신이 부녀회랑 무슨 관계가 있단 말인가?

"도대체 부녀회에서 무슨 일인데요?"

"거참, 젊은 사람이 그렇게 게을러서야 어디다 써? 지금이 벌써 오후 9시야! 9시!"

그 말에 노형진은 울컥했다. 자신이 잠든 시간은 새벽 5시다. 고작 네 시간밖에 못 잔 것이다.

"으하함…… 그런데 왜요?"

하지만 아침부터 싸우고 싶지 않았기에 잠결에 그냥 물어보는 노형진.

부녀회장이라고 한 여자는 노형진에게 뭔가를 내밀었다.

"자네 말이야, 너무 우리 오피스텔에 관심 없는 거 아냐?"

"네?"

"반상회에 나오라고 몇 번이나 이야기했잖아. 안 나오면 벌금이라고 했잖아. 그동안 안 낸 벌금 40만 원 받으러 왔어."

"뭐라고요?"

순간 그 말이 이해되지 않았던 노형진은 멍하니 바라보았다. 하지만 그 부녀회장의 말은 끝난 게 아니었다.

"그리고 부녀회비 60만 원도 같이 내."

"부녀회비요?"

"그래야지. 한 달에 6만 원씩 내라고 되어 있잖아."

노형진은 잠결이라지만 이게 무슨 말도 안 되는 소리인지 이해할 수가 없었다.

"무슨 소리예요?"

"무슨 소리냐니? 내부 규칙이야. 내부 규칙."

노형진은 얼굴을 찌푸렸다.

'이 아줌마가 미쳤나?'

그는 여기에 온 지 이제 열한 달이 되었다. 당연히 부녀회 같은 건 들어 본 적도 없고 관심도 없다. 결혼도 하지 않은 자신이 무슨 부녀회에 가입한단 말인가?

"다음부터는 부녀회 회의에 빠지지 말고 참석해. 매달 21일 3시니까."

"21일 3시요?"

"그래."

"장난해요?"

매달 달라지기는 하겠지만 일단 그게 주말일 가능성은 그다지 높지 않다. 더군다나 낮 3시면 한참 일해야 하는 시간이다. 그런데 자신이 어떻게 참석하란 말인가?

"장난이 아니라 내부 규칙이야. 내부 규칙."

노형진은 얼굴을 찌푸렸다. 그러고는 그대로 문을 쾅 닫았다.

"이봐! 총각, 뭐하는 거야!"

"원, 별⋯⋯. 아침부터 미친놈이 다 있네."

상식적으로 아침부터 와서 부녀회라고 돈 내라고 하는데 그걸 내주는 사람이 어디 있단 말인가?

"이봐, 총각!"

"시끄러워요!"

노형진은 이불을 뒤집어쓰면서 다시 꿈나라로 가기 시작했다.

⚖

직장인에게 가장 행복한 시간은 언제일까? 그건 다름 아닌 퇴근 시간일 것이다. 그건 노형진도 마찬가지다.

노형진은 즐거운 마음으로 퇴근하고 있었다. 그동안 속을 썩이던 사건이 해결된 것도 그의 기분이 좋은 이유 중 하나였다.

"오늘은 행복한 마음으로 그동안 못 본 미드나 보면서 시간을 보낼⋯⋯."

노형진은 집에 도착해서는 멈칫했다. 집의 문이 살짝 열려 있었기 때문이다.

'누구지? 부모님이 오셨나?'

그럴 리 없다. 부모님은 그가 바쁜 걸 아시기에 사전에 연락하고 오신다.

'누나?'

누나는 올 리 없다. 임신 초기라 조심스럽게 행동할 수밖에 없기 때문이다. 원래 임신은 초기가 더 위험한 법이니까.

'일단 들어가 보자.'

혹시나 원한을 진 사람이 들어가 있을 수 있기에 만일에 대비해서 들고 다니던 가스총을 가방에서 꺼내 들고는 조심스럽게 오피스텔 안으로 들어가기 시작했다. 하지만 그 안에 들어갔을 때 보인 것은 노형진이 멘붕하게 만들기에 충분했다.

⚖️

"뭐, 압류?"

"그렇다니까요."

"허허, 거참. 천하의 노형진도 그렇게 당하나?"

"아니, 이거 말이나 됩니까?"

노형진은 남상주 변호사에게 툴툴거릴 수밖에 없었다.

그가 안으로 들어갔을 때 본 것은 다름 아닌 사방에 붙어 있는 가압류 딱지였다. 그건 노형진으로서는 이해할 수가 없는 일이었다. 자신이 뭐가 아쉬워서 가압류를 당한단 말인가?

가압류란 재판에 들어가기 전에 미리 그 재산을 확보하기 위해 임시로 압류하는 것을 말한다. 하지만 노형진이 가진 재산이 얼만데 돈 몇 푼을 안내겠는가?

"도대체 어떤 녀석인지."

"전화해 봤어?"

"고 팀장님한테 부탁드렸습니다. 아침에 재판이 있어서요."

"음……."

남상주는 고개를 갸웃했다.

"착오가 있었겠지."

다른 사람도 아니고 노형진이 돈을 내지 않아 가압류한다는 건 말도 안 되는 일이다.

그때였다. 고문학은 고개를 불쑥 내밀더니 노형진을 발견하고는 다가왔다.

"고 팀장님."

"노 변호사님."

"알아내셨나요?"

"네."

"누구랍니까?"

"그게…… 오피스텔 부녀회라는데요?"

"뭐라고요?"

노형진은 자신의 귀를 의심했다. 부녀회라니?

문득 노형진은 며칠 전 있었던 그 부녀회장이라는 작자와의 대화가 생각났다. 터무니없는 돈을 내놓으라면서 아침부터 깽판을 치던 그 모습.

"부녀회요?"

"네."

"이런 이런, 된통 걸렸군."

남상주는 그 말에 고개를 흔들렸다.

"아시나요?"

"알다뿐인가? 세상에 말이 통하지 않는 집단이 여러 개 있는데 그중 하나가 바로 부녀회야."

"네?"

"아파트 부녀회라는 존재는 말이 통하지 않아. 나도 아파트에 살잖나."

남상주는 아파트에서 제법 오래 살았다. 이사도 자주 다녔고 말이다. 그러다 보니 아무래도 아파트 부녀회에 대해 잘 알고 있었다.

"말이 부녀회지, 엄청난 권력 집단이야. 원한다면 경비 회사나 운영 회사, 관리 회사를 갈아치울 수 있는 권한이 있으니까 그쪽도 꼼짝 못 하고."

원래 원칙대로라면 법적으로 입주자를 대표하는 곳은 입주자 대표 회의라는 곳이다. 하나 그 입주자 대표 회의는 원래 임금을 받고 일하는 집단이 아닌 만큼 상시 근무가 불가능하다 보니 부녀회라는 곳에 일종의 위탁 형태로 아파트의 관리를 맡기는 게 보통이다.

문제는 부녀회가 그걸 이용해서 말 그대로 무소불위의 권력을 휘두른다는 것이다.

"그렇다 보니 아무래도 제어하지 못하지."

내부적으로 감사하는 집단이 있는 것도, 법적으로 제어하는 집단도 아니다. 대부분의 사람들이 회사라는 공간에 묶여서 활동하지 못하니 부녀회라는 이름처럼 그런 곳을 통제하는 것은 팔자 좋게 집에서 노는 일부 상류층 마나님들뿐이었던 것이다.

"그거랑 저랑 무슨 관계가 있는데요?"

"말 그대로야. 자네와는 아무런 관계도 없지. 하지만 그건 그 사람들한테는 아무런 의미가 없어. 그냥 같은 아파트에 살면 뜯어먹기 좋은 먹잇감일 뿐이야."

"먹잇감?"

"그래, 우리 와이프도 싸우다가 결국 두 손 두 발 다 들었다니까."

온 동네에서 왕따를 당하고 맨날 와서 깽판 치고 틈만 나면 불이익을 주고 자신들이 할 수 있는 모든 방식으로 가족을 괴롭히니 아무리 남상주의 아내라고 할지라도 못 이길 만큼 말이 통하지 않는 집단이었던 것이다.

"설득은 해 보지 않으셨어요?"

그 말에 코웃음을 치는 남상주.

"설득이 먹힐 집단이 아닐세, 부녀회는."

원래는 부녀회는 주민들의 공공의 복지를 위해 일해야 한다. 하지만 어느 순간 부녀회의 최대 관심은 얼마나 많이 해 먹느냐와 얼마나 건물 가격을 높일 수 있느냐가 되었다.

"그들은 법이나 말이 통하는 집단이 아니야."

노형진은 얼굴을 찌푸릴 수밖에 없었다.

⚖️

"내 이럴 줄 알았지."

노형진은 가압류를 풀어 버렸다.

사실 어려운 것도 아니었다. 가압류라는 건 기본적으로 누가 신청하든 일단 들어주는 경향이 있기 때문이다.

문제는 부녀회가 노형진에게 요구한 돈은 아무런 근거도 없는 돈이다 보니 정식 재판에 가면 인정받을 가능성이 없다는 것이다. 노형진이 이의신청을 하자 재빨리 부녀회는 발을 빼 버렸다.

"드러워서 빼야지."

노형진은 하는 꼬라지를 보고는 정이 뚝 떨어져 버렸다.

단순히 직장에서 가깝다는 이유 하나만으로 들어왔더니 터무니없는 상황이 벌어질 거라 생각하지 못했던 것이다.

사람은 마음이 떠나면 모든 게 싫어진다고 했다.

자신이 이 집에 있으면 아무래도 저들과 엮일 거라고 생각한 노형진은 빨리 나가고 싶은 마음에 산 지 1년도 안 되는 집을 팔 생각으로 내놨다.

하지만 노형진이 물건을 내놓으려고 했을 때 들은 말은 자신의 귀를 의심하게 만들었다.

"미안해요. 그 가격으로는 못 내놔요."

"네? 못 내놓는다고요?"

산 지 채 1년도 되지 않았다. 게다가 이자를 낸 것도 없어 그냥 그 가격에 내놨을 뿐이다. 그런데 그 가격에 못 내놓는다니?

"그사이에 오피스텔 가격이 그렇게 떨어졌어요?"

상식적으로 이해가 되지 않았다. 기억이 맞다면 아직은 가격이 떨어질 시점이 아니다. 그런데 부동산업자의 말은 상상을 초월했다.

"그게 아니라 부녀회에서 무조건 30% 올려 받으라고……."

"네?"

"안 그러면 우리랑 거래하지 못하겠다고 하네요."

노형진은 멍하니 그 사람을 바라보았다.

이 오피스텔의 가격은 현재 2억. 그런데 30%를 올리라고 하면 순식간에 2억 6천이 된다. 상식적으로 말이 안 되는 금액이다. 단 11개월 만에 6천이나 오른다니.

"그게 말이 됩니까?"

"우리도 어쩔 수가 없어요."

"그래도 이 가격에 내놓으세요."

노형진은 정이 떨어진 이곳에서 살고 싶은 생각이 없었다. 그렇다고 저들이 주장하는 가격에 내놓고 싶은 생각도 없었다.

"그냥 제 가격으로 내놓으세요."

"하지만."

"저 변호사입니다."

그 말에 부동산업자는 움찔했다.

"네."

"거참…… 별 거지 같은 경우가 다 있네."

노형진은 툴툴거리면서 그곳을 나왔다. 하지만 그게 어떤 상황으로 몰아갈지는 전혀 예상하지 못했다.

⚖

그날 저녁, 노형진이 잠자리에 들 준비를 할 때였다.

쾅쾅쾅!

문을 거칠게 두들기는 소리에 노형진은 얼굴이 찡그려졌다.

"1101호 총각! 안에 있지? 나와 봐!"

노형진은 상대하기 싫어서 애써 무시하려고 했다. 하지만 그 목소리는 점점 커져 갔고, 나중에는 아예 문을 따려고 하는 건지 덜그럭거리는 소리까지 들리기 시작했다. 결국 노형진은 어쩔 수 없이 문을 열고 그들을 확인했다.

"뭡니까?"

"총각, 지금 장난해?"

"뭘요?"

"공지 못 봤어? 공지?"

"뭔 공지요?"

"엘리베이터에 공지해 놨잖아. 젊은 사람이 지금 눈깔을 달고 다니는 거야? 눈깔은 폼이야?"

"눈깔?"

"그래. 내가 분명히 그랬지, 매물 가격 30% 올리라고? 지금 오피스텔 차원에서 협동해서 하는 건데 총각이 혼자 그러면 안 되지. 머리는 폼 잡으려고 올려 두는 거야?"

"뭐라고요?"

"머리는 폼 잡으려고 올려 두는 거냐고. 아파트 가격을 올리기로 했으면 올려야지, 혼자 튀면 어쩌자는 거야? 매매가가 떨어지면 총각이 책임질 거야?"

"허?"

노형진은 기가 막혀서 말이 나오지 않았다. 하지만 상대방은 그게 자신이 이기고 있다는 것으로 생각한 건지 더욱 언성을 높였다.

"하여간 젊어서 탱자 탱자 놀면서 재산만 넘겨받아서는 세상일이라고는 쥐뿔도 모르면서 편하게 살지. 총각도 세상을 모르는 것 같은데 그냥 어른 말 들어."

"맞아. 어른 말 들어서 손해 보는 거 없어."

같은 부녀회 소송으로 보이는 여자들의 지원사격까지, 자신을 철저하게 무시하고 자신들의 이득을 취하려는 모습에 노형진은 왠지 구역질이 나는 기분이었다.

'그래, 조금만 버티자. 이 꼴도 얼마 안 남았다.'

자신이야 좋다. 다른 곳보다 시세가 더 싸면 더 빨리 나가니까. 그러니 저들을 볼 날이 얼마 안 된다고 생각했다.

하지만 그 뒤에 들린 그들의 말에 노형진의 분노는 폭발하고 말았다.

"하여간 내가 부동산에 이야기해서 그거 매물 취소해 놨으니까 다시 신청해."

"뭐라고요?"

"매물 취소해 놨으니까 다시 신청하라고. 젊은 사람이 왜 그렇게 말을 못 알아들어?"

부녀회장의 말에 결국 노형진은 소리를 버럭 질렀다.

"당신이 뭔데?"

"뭐?"

"당신이 뭔데 내가 해 놓은 걸 취소하는데? 응?"

"어디서 반말이야!"

"어디서 나이도 어린 것이 어른도 못 알아보고!"

"하여간 돈 물려받아서 쓰는 새끼들은 싸가지가 없어요. 싸가지가."

그가 누군지 모르는 그들은 노형진을 마구 나무라기 시작했다. 그러자 부녀회장은 다른 부녀회 멤버들의 응원에 힘입어서 노형진을 마구 타박했다.

"젊은 사람이 말이야, 세상을 그렇게 살면 안 되는 거야. 우리가 지금 혼자 잘살자는 거야? 같이 잘살자는 거잖아. 왜 혼자서 튀고 그래? 지금은 부모 잘 만나서 잘 먹고살지만 지금부터 재테크하지 않으면 나중에 나이 먹고 후회해."

"재테크?"

노형진은 기가 막혔다.

솔직히 그가 보기에 이 오피스텔은 2억 6천은 터무니없이 비싼 가격이다. 그가 있는 오피스텔은 저들이 있는 오피스텔과 다르게 혼자 살 때 쓰는 12평짜리의 작은 곳이다.

막말로 저들이 사는 넓은 오피스텔은 5억이 넘어가는데 그런 곳은 신축 아파트 가격이다. 그런데 그걸 또 올리겠다니. 자신들이 담합해서 올리고는 재테크란다.

"진짜 이렇게 나오겠다 이거지요?"

노형진은 이를 빠드득 갈았다. 오랜만에 자신을 위해 능력을 쓰고 싶은 마음이 무럭무럭 들게 만드는 인간들이었다.

"어이구, 잘하면 사람 치겠다? 세상 모르면 가만히 있어, 총각. 우리가 다 알아서 해 줄 테니까. 가만히 있으면 집값을 올려 주겠다는데 뭔 불만이야?"

그 말에 노형진은 조용히 심호흡했다. 도리어 머리가 차가워지는 기분이었다. 하지만 가슴속 깊숙한 곳에 있는 분노는 사그라들지 않았다.

"아줌마들 마음대로 하세요."

"애초부터 그렇게 나왔어야지."

하지만 노형진의 말은 끝나지 않았다.

"난 내 마음대로 할 테니까 과연 누구 이길지 한번 해보자고요."

그렇게 노형진과 부녀회의 생각지도 못한 전쟁이 시작되었다.

⚖️

"좋은 생각은 아닌데."

노형진의 말에 남상주는 고개를 흔들었다.

"어차피 우리가 하는 일이 소송인데요, 뭘."

"그래도 회사에서 하는 것과 집에서 하는 게 똑같나?"

전혀 다르다. 누구나 집에 가면 편하게 쉬고 싶어 하지,

일하고 싶어 하지는 않는다. 하물며 소송같이 심사가 뒤틀리는 일을 하고 싶어 하지는 않을 것이다.

"알죠. 하지만 그래도 할 건 해야지요."

그들은 그러한 심리를 이용해서 단 한 번도 제대로 감사도 받아 본 적도, 견제를 받아 본 적도 없다.

당장 부녀회비만 해도 그렇다. 노형진 혼자 사는 데에 6만 원이다. 그게 동일하다고 했을 때 한 층에서 나오는 부녀회비는 한 달에 300만 원이다. 한 층에 50개 정도의 방이 있으니까.

그리고 노형진이 사는 오피스텔에는 총 30층이 있다. 그러니까 300만 원씩 서른 개의 층이면 한 달에 1억에 가까운 돈이 들어가는 거다.

'문제는 그 돈이 어디로 가는지 모른다는 거지.'

건물 운영비나 공용비로 나가는 것도 아니다. 그 두 가지는 기본적으로 따로 내니까.

즉, 그 돈은 어디로 가는지도 모른다는 뜻이다.

"그게 정상적인 건 아니잖습니까?"

"그거야 그런데, 문제는 워낙 시끄러워서 말이지."

"시끄러워요?"

"그래, 아마 오늘 가 보면 알 거야."

그리고 남상주의 우려 섞인 말을 뒤로한 채 집으로 향한 노형진은 그 말이 절대 농담이 아님을 알 수 있었다.

'맞다. 남상주 변호사님 아내분도 싸우려다가 실패했다고 했지?'

집으로 가자 당장 집 앞에서 기다리고 있던 사람들이 그에게 달려들었던 것이다.

"이봐, 총각! 어린 사람이 너무 당돌하네!"

"총각이 그럴 수 있어? 응?"

노형진은 저들에게 부녀회비의 사용 내역서를 제출해 달라고 요청한 상태였다. 그런데 보여 달라는 부녀회비 내역서는 안 보여 주고 우르르 몰려들어서 자신의 길을 가로막고 소리를 지를 뿐이었다.

"어린놈의 새끼가 세상 무서운 줄 몰라."

"지금 우리가 동네를 위해 얼마나 노력하는지 몰라?"

"내 아들이 경찰이야! 경찰 알아? 아느냐고!"

버럭버럭 소리를 지르는 사람들.

그들은 노형진에게 몰려들어서 마구 항의하고 있었다. 보아하니 자신을 기다리고 있었던 게 맞는 모양이었다.

"비키세요. 전 제 집에 들어갈 겁니다."

"뭐? 지금 장난해? 일을 저질렀으면 책임을 져야지, 도망을 가?"

'기가 막히군.'

매달 1억에 가까운 돈을 소리 소문 없이 사용한 사람들은 저들이다. 그런데 그런 주제에 노형진더러 책임을 지란다.

원래 책임을 져야 하는 사람은 자신들인데 말이다.

"책임질 사람은 제가 아닌 여기 계신 다른 분들 아닌가요?"

"뭐?"

"제가 뭐 무리한 거 달라고 했습니까? 사용 내역서요. 한 달에 1억 가까이 나오는 부녀회비를 어디다 쓰셨는지, 그 내역서를 보여 달라는 거잖아요."

"그러니까 그걸 왜 달래?"

"당연한 거 아닙니까? 아파트 주민으로서 그 돈이 어디에 사용되는지는 알아야 할 거 아닙니까?"

"우리가 좋은 일에 썼어!"

"그러니까 그 좋은 일이 뭐냐고요?"

"이거 안 되겠네. 야, 너 부모 누구야? 어디서 싹통 머리 없이 어른들한테 대들어?"

"내가 내 집에서 살면서 내 권리를 행사하겠다는데 왜 남의 부모님 성함을 물어봅니까?"

"어린놈의 새끼가 보자 보자 하니까. 아주 눈깔에 뵈는 게 없구나!"

"전 아주 잘 보이고 있…… 으악!"

그 순간 노형진은 비명을 질렀다. 아들이 경찰이라는 사람이 갑자기 노형진에게 달려들어서 노형진의 머리카락을 낚아채고는 확 당긴 것이다.

"으악!"

너무 갑작스러운 행동에 노형진은 저항도 못 해 보고 앞으로 고꾸라졌다. 그리고 그런 노형진를 사람들이 구타하기 시작했다.

　　"아이고, 팔다리, 허리, 어깨야."

　　경찰서에서 곡소리를 하는 사람들. 그리고 그걸 한심하게 바라보는 경찰과 진짜 온몸에 멍이 든 노형진.

　　"저 새끼가 우리를 때렸다니까!"

　　"저 쌍놈의 새끼가 우리를 때렸어!"

　　노형진이 자신을 때렸다면서 아파 죽겠다고 곡소리를 내는 그들을 보면서 경찰은 머리를 절레절레 흔들더니 노형진을 그들이 볼 수 없는 곳으로 데려갔다. 그러고는 자신의 주머니에서 담뱃갑을 꺼내서 내밀었다.

　　"안 피웁니다."

　　노형진이 거절하자 담배를 꺼내 입에 무는 경찰.

　　"된통 걸리셨네요."

　　"된통 걸리다니요?"

　　"저 아줌마들 좀 안 봤으면 좋겠어요."

　　"네?"

　　"매달 한 번은 오는 것 같아요."

"매달요?"

노형진은 고개를 돌려 그들이 있는 방향을 바라보았다. 매달 한 번이라니?

"설마 그 오피스텔 부녀회가 이상하다고 생각한 사람이 아저씨 한 명뿐이라고 생각하신 건가요? 솔직히 말하면 아까 주소 보니까 전에 왔던 분들 주소던데."

"무슨 말씀이십니까?"

"전에 왔던 분들도 저 사람들의 등쌀에 못 이겨서 나간 거예요."

'망할. 어쩐지 싸더라니.'

생각보다 싸고 위치가 좋다고 생각해서 들어왔는데 어쩐지 이상하다 싶었다. 그러니까 전에 있던 사람도 저 부녀회와 싸우다가 못 이기고 쫓기듯 나간 것이라는 소리다.

"아니, 이런 걸 그냥 넘어가요?"

"증거가 없어요."

"증거가 없다니요?"

"거기 CCTV도 없고 증인이라고는 저쪽이 더 많고."

"전 피해자입니다만?"

머리는 산발에 옷은 찢어지고 온몸에는 멍이 가득하다. 그에 반해 저들은 아프다고 소리만 지를 뿐, 흐트러진 건 하나도 없다.

"그게 말이죠. 저분들 중 저기 저분이 부녀회 부회장인데

이것이 법이다

아들이 경찰이에요."

"그거랑 무슨 관계인데요?"

"그게 말이죠."

그 젊은 경찰은 이야기해 주려고 했다. 하지만 그 젊은 경찰이 이야기해 주기도 전에 그 아들이라는 존재가 모습을 드러냈다.

"어머니!"

"아들!"

"어떤 놈이에요!"

"저놈이야! 저놈! 저놈이 날 때렸어!"

다짜고짜 노형진을 가리키는 여자. 노형진은 그들을 슬쩍 바라보다가 기가 막혔다.

"내가? 때렸다고?"

때리기는커녕 제대로 저항도 못 했다. 저쪽은 여자라고 하지만 무려 여덟 명이었고 자신은 한 명이었으니까.

하지만 그는 노형진을 보자마자 그대로 달려왔다. 그러고는 그대로 날라 차 버렸다.

"쿠헉!"

순식간에 가슴팍을 발로 채이고는 바닥을 나뒹구는 노형진.

"이 새끼야! 너 뭐야? 너 얼마나 잘났다고 아무것도 모르는 노인을 패! 너 이 새끼 죽으려고 환장했지? 응? 세상이 만만해 보이냐, 이 새끼야!"

"크헉!"

쓰러진 노형진의 멱살을 잡아 올려서 다시 주먹으로 후려치는 남자. 노형진은 너무 창졸간에 당한 일이라 제대로 저항도 못 했다.

"서장님! 진정하세요! 서장님!"

노형진과 함께 있던 젊은 경찰은 깜짝 놀라서 그를 붙잡았다.

"서장?"

노형진은 입술의 피를 스윽 닦으면서 일어났다.

'이제야 이해가 가네.'

저 부녀회라는 집단이 왜 저렇게 안하무인으로 할 수 있는지, 왜 저들과 대항하던 사람들이 결국 못 이기고 차라리 집을 팔고 떠나는 것을 선택했는지 말이다.

사실 이런 경우, 사람들이 할 수 있는 최선의 대책은 신고다. 그런데 신고해 봐야 서장이라는 녀석이 중간에 다 차단해 버리니 제대로 저항할 수 있을 리 없다.

게다가 민사를 걸고 싶어도 경찰에서 수사해 주지 않으니 당연히 증거가 없어 이길 수가 없다. 증인은 저쪽이 더 많기 때문이다. 물론 끼리끼리 하는 증언이겠지만.

"흐흐흐."

노형진은 다시 한 번 입술에서 흐르는 피를 스윽 닦았다. 그러고는 그 서장에게 다가갔다.

"뭐야? 이 새끼야, 간땡이가 부었구나. 그래, 너, 백이 있다 이거지! 데리고 와 봐! 데리고 와 보라고! 도대체 얼마나 잘나신 백인지 면상 좀 보자!"

"후회하실 텐데?"

"뭐? 이 새끼가 지금 경찰을 협박해? 협박죄로 콩밥 먹고 싶어?"

하긴, 한 지역의 경찰서장쯤 되면 아마도 어지간한 백으로는 꿈쩍도 하지 않을 것이다. 하지만 서장은 사람을 잘못 골랐다.

"일단 내 소개부터 해야겠네요."

노형진이 품 안으로 손을 넣자 움찔하는 경찰서장.

물론 그 안에서 총이 나오지는 않을 거라는 걸 알고 있다. 하지만 자신을 소개한다는 부분에서 뭔지 모를 공포감을 느낀 것이다.

"이런 사람입니다."

노형진은 뭔가를 꺼내 그에게 내밀었고 그걸 받아 든 서장의 얼굴은 똥 씹은 듯 처참하게 일그러지기 시작했다.

"변호사 노형진."

물론 노형진이라는 이름은 잘 모른다. 하지만 변호사라는 직업에 대해서는 잘 안다.

'이런 씨발……'

서울 시내에 있는 작은 오피스텔에서 살고 있는 인간이니 기껏해야 부모 잘 만난 졸부의 자식 놈쯤 될 거라 생각했다.

상식적으로 변호사쯤 되는 사람이 그런 좁은 오피스텔에 살 이유가 없다. 변호사쯤 되면 호화 아파트나 커다란 오피스텔에 살아야 정상이니까.

하물며 딱 봐도 노형진은 변호사라고 보기에는 무척이나 어려 보였다. 좀 낮게 잡으면 대학생쯤 되어 보이는 나이.

"너 이 새끼! 어디서 구라질이야! 구라질이!"

노형진에게 다가와서 뒤통수를 팍 치는 서장. 그는 노형진이 어디서 명함 하나 가지고 와서는 사기를 치고 다닌다고 생각했던 것이다.

"어린놈의 새끼가 뭐? 변호사? 세상이 그렇게 만만해 보여, 이 새끼야?"

다시 한 번 노형진의 뒤통수를 치는 서장. 하지만 이번에는 그럴 수가 없었다. 노형진이 그의 손을 잡아 그의 공격을 막아 낸 것이다.

"어쭈? 어린놈의 새끼가 어른이 훈계하는데 막아?"

"이건 훈계가 아니라 폭행이죠."

"뭐라고?"

"그리고 아까 백이 있으면 불러오라고 했죠? 그 백이 통화 좀 하자는데 받아 보시겠어요?"

그러고 보니 어느 틈엔가 노형진의 손에 들린 핸드폰이 보였다. 핸드폰은 스피커 상태로 되어 있었다. 즉, 지금 말하는 모든 것이 다 들리는 상태라는 것.

"뭐야? 그 잘나신 백이냐? 얼마나 잘났는데? 아빠냐?"

비웃는 경찰서장. 하지만 그 너머에서는 진중하고 근엄한 목소리가 흘러나왔다.

─전 중앙수사본부 부장인 김성식입니다. 우리 노형진 변호사가 폭행당하고 있다고 하던데 사실입니까?

"뭐…… 뭐라고?"

그는 순간 당황했다. 그도 경찰서장인 만큼 중앙수사본부 부장이었던 김성식의 이름은 알고 있었다.

'이것도 장난인가?'

하지만 그런 것치고는 좀 이상했다. 일반인은 중수부장이 누군지 잘 모른다.

더군다나 중수부장 사칭은 큰 문제다. 아무리 전직이라고 해도 말이다. 그건 장난으로 넘어갈 수 있는 수준이 아니다.

─하여간 이번 사태에 대해서 우리 새론에서 그냥 넘어갈 수 있을 것 같지 않습니다. 저희가 그쪽으로 가지요. 노형진 변호사는 그때까지 묵비권을 행사하고 있으십시오.

"네."

김성식의 말에 노형진은 얼굴에 미소를 보이면서 대답했다. 물론 김성식이 볼 리 없다는 건 알고 있었다. 하지만 그 미소는 다른 사람, 즉 경찰서장에게 보여 주기 위한 미소였다.

"자, 그럼 전 묵비권을 행사할 겁니다. 그러니까 변호사가 올 때까지 한번 기다려 보지요."

노형진의 말에 서장은 일이 잘못되었다는 사실을 알아차
렸다.

　"이거 뭐야?"
　서장은 당황했다. 기껏해야 졸부 놈의 자식이라 생각했다.
그런데 들어오는 사람들이 죄다 변호사다.
　"노 변호사, 괜찮아?"
　"그다지 괜찮다고는 말 못 하겠네요."
　가슴팍에 난 발자국과 터진 입술을 가리키면서 입을 열었다.
　"김성식 변호사님, 부탁드려도 될까요?"
　"그렇지."
　김성식은 노형진의 말을 바로 눈치채고는 전화기를 들었다.
　"여보세요? 아, 난데 부탁할 게 있어서. 청탁 같은 거 아
냐. 경찰에 의한 폭행이 터졌는데 아무래도 이쪽에서 덮을
것 같아서 검사 좀 보내 줬으면 하는데. 그래, 폭행한 사람이
누군데 덮느냐고?"
　그 말에 김성식은 노형진을 바라보았다. 노형진은 고개를
돌려서 멍하니 서 있는 서장을 바라보았다.
　"서장입니다."
　"아, 서장이래. 그래, 아무래도 이런 사건은 반드시 무마

시키려고 하겠지."

서장이라는 사람은 한 지역의 수장이다. 당연히 그 지역에서 모든 전권을 가진 경찰이라 할 수 있다. 만일 노형진이 여기서 그를 고발한다면 가해자에게 본인 스스로를 처벌해 달라고 고발하는 꼴이 된다. 당연히 사건은 무마될 것이다. 지금까지 했던 것처럼 말이다.

"어, 그래. 검사 한 세 명 보내 줘. 왜 세 명까지 필요하냐고? 이거 변호사에 대한 공격이야. 최초 사건 관련 가해자가 여덟 명이 넘어. 어, 그 사건도 넘길 거야. 여기 경찰을 믿을 수는 없잖아?"

"아, 그리고 경찰서장이 가해자의 아들이라고 전해 주세요."

"아, 그리고 경찰서장이 가해자의 아들이래. 그래, 부탁하네."

김성식가 통화하는 모습을 보고 있던 경찰서장은 자신도 모르게 등골이 오싹해지면서 똥줄이 타는 느낌이 들었다. 진짜로 변호사일 거라고는 생각도 못 했던 것이다.

'하긴 모든 사람들이 다 아는 건 아니니.'

노형진은 시시각각 변하는 그의 얼굴색을 보고 속으로 피식 웃었다.

자신이 몇 번이나 언론에 얼굴을 내비쳤다고 하지만 그건 어디까지나 일이었다. 더군다나 지난번 방송에서 뒤통수를 맞은 뒤에는 방송 쪽으로는 최대한 관심을 두지 않는 상황이어서 그의 얼굴을 아는 사람은 많지 않았다.

'그렇다고 용서가 되는 건 아니지.'

만일 자신이 변호사도 아니고 백도, 돈도 없는 사람이었다면 얼마나 억울하겠는가? 노형진은 사람마다 대우가 달라지는 사람을 끔찍하게 싫어했다.

"일단은 이 옷을 증거로 해야 하니 벗어 두게."

"네."

노형진은 송정한이 주는 봉투에 옷을 벗어서 넣었다. 자신의 옷에 남아 있는 종적은 그가 폭행했다는 가장 확실한 증거다.

"이건 무슨 오해가……."

서장은 이제야 아차 싶었는지 오해라고 어떻게든 설득하려고 하는 눈치였다. 하지만 노형진은 단호했다.

"오해는 무슨."

오해라고 하기에 그의 행동은 너무나 황당했다. 사건에 개입한 정도가 아니라 피해자에게 직접적으로 폭력을 행사한 것이다.

"그러고 보니."

남상주는 조용히 뒤에 있다가 앞으로 나섰다.

"여기 서버실 어디죠?"

"서버실요?"

"서버실 말입니다. 어쭙잖은 거짓말 하지 마시고."

"거…… 거짓말이라니요."

"방금 저쪽에 있던 남자, 당신 눈치를 살피다가 저쪽으로 갔는데 그쪽에 서버실이 있지 않습니까?"

"그럴 리가요. 서버실은 그쪽에 없습니다."

"가 보면 알지요."

남상주는 그런 서장의 말을 무시하고 그쪽으로 향했다.

아니나 다를까, 그쪽에서는 서버실이라고 쓴 곳이 있었고 그곳에서 한 남자가 뭔가를 하고 있었다. 그는 문을 잠근다고 잠근 모양이었지만 아무리 문을 잠근다고 해도 그 안에 있는 사람이 뭘 할지는 뻔했다.

"지금 문 열고 나오세요. 파일이 손상되면 증거 인멸로 당신도 고발됩니다. 같이 죽고 싶은 건 아니죠?"

그럼에도 아무런 소리도 들리지 않자 남상주는 김성식에게 소리를 질렀다. 물론 상대방더러 들으라고 한 소리였다.

"김성식 변호사님, 검사 한 명 더 보내세요! 경찰서 차원에서 조직적인 증거 인멸 혐의가 있습니다!"

"기꺼이 그러지요."

그 말에 안에 있던 사람은 잠시 침묵을 지키다가 조용히 문을 열고 나왔다. 그의 얼굴은 새파랗게 질려 있었다. 경찰서장의 눈짓을 받고는 재빨리 삭제하려고 했는데 설마 이렇게 빨리 눈치챘을 거라고는 생각도 못 했던 것이다.

"지웠습니까?"

"아니요……. 그러지는…….."

"그럼 증거 인멸 시도한 건 인정하십니까?"

"그냥 파일 확인차……."

그는 애써 눈치를 살폈다. 서장이 눈치로 명령한 거다. 만일 서장이 혹 가면 자신을 지켜 줄 사람은 없다. 그리고 아무리 봐도 서장이 몰락하는 걸 막을 방법은 없어 보였다.

'같이 죽을 수는 없지.'

그는 바로 삭제하려고 했지만 서장의 상황을 봐서는 아무래도 상대를 잘못 건드린 듯했다. 그래서 고민하다가 결국 삭제하지 않고 나온 것이다.

"흠."

노형진은 안으로 들어가서 파일을 확인했다. 그리고 그 안에서 자신을 날아 차고 구타하는 서장의 모습을 어렵지 않게 확인할 수 있었다.

"다행히 지우지 않았네요."

"말씀드렸다시피 전 그냥 확인차……."

경찰은 서장의 눈치를 살피면서 중얼거렸다. 서장은 그런 그에게 눈을 부라렸지만, 이미 몰락하는 배인 것이 확실한 그에게 눈치 받아 봐야 그는 이미 배를 갈아탄 상태였다.

"좋습니다."

노형진은 일단은 그의 시도를 불문에 붙이기로 했다. 어차피 이런 걸 고발해 봐야 증명만 어렵다.

더군다나 증거인멸은 미수죄가 없다. 기껏해야 업무상 배임 정도인데 그것도 증명하기 쉽지 않으니까.

"하지만 다음번에는 그러지 않았으면 좋겠군요."

"네."

경찰은 재빨리 멀어져 갔다. 그리고 서장은 홀로 남아서 당황해하는 자신의 어머니와 자신을 감시하는 변호사들을 바라볼 뿐이었다.

"아마 피고인의 기분이 뭔지 확실하게 아시게 될 겁니다."

노형진은 그런 그를 보면서 미소를 지었다.

"경찰서장은 어떻습니까?"

"뭐, 바로 끌려갔지."

"그렇겠지요."

안 그래도 경찰과 검찰은 수사권 문제로 첨예하게 갈등하고 있는 상황이었다. 경찰에서는 수사권을 달라고 하고 있었고 검찰은 거부하고 있는 상황이었는데, 이로써 확실한 증거를 가지게 된 검찰은 그의 영혼을 털어 버릴 각오를 하고 검사를 보냈다.

"그런 녀석이 서장이라니."

"그러게나 말입니다."

물론 그런 경찰은 일부이다. 수많은 선량한 경찰들이 범인을 잡기 위해 노력한다. 하지만 권력에는 파리가 꼬이는 법. 그는 개인적인 사건은 은폐하기 위해 권력을 남용했으므로 결국 몰락할 수밖에 없었다.

"그나저나 형사 고소 건은 어떻게 되어 가?"

"뭐, 일단 기일이 잡혔습니다."

"거참, 노 변호사가 피해자로 법정에 다 서고 별일이야."

그 말에 노형진은 피식 웃었다.

"살다 보면 그런 일도 있는 거죠."

나는 절대 안전하다. 나는 절대 그럴 일 없을 거라는 생각은 아무런 의미가 없다. 세상을 살다 보면 진짜 재수 없는 일만 계속해서 벌어지는 경우도 있기 때문이다.

"그나저나 그 여자들의 폭행을 증명하는 건 어려울 텐데?"

문제는 그것이다. 서장 같은 경우는 사람들이 있고 카메라가 있는 곳에서 폭행을 가했다. 자신이 폭행해도 덮을 수 있는 자신이 있었기 때문이다.

하지만 부녀회는 아니다. 카메라가 없는 곳에서 노형진을 폭행했고 적반하장식으로 자신들이 맞았다면서 마구 비명을 질러 댔다.

"압니다. 하지만 세상의 쓴맛을 보여 주는 방법은 한 가지만 있는 게 아니니까요."

그 부녀회의 아줌마들은 세상을 다 안다면서 마치 자신들이 하라는 대로 하면 떼돈을 벌 것처럼 이야기했다.

'하지만 그건 우물 안 개구리가 떠드는 것뿐이고.'

그런 아줌마들이 진짜 세상을 알까? 하는 일이라고는 집에서 놀면서 남편이 벌어 주는 돈으로 호화 생활이나 하다가 사기에 가깝게 집값을 올려서 돈을 뜯어내도록 하는 인간들이?

진짜 세상을 아는 것은 다른 사람들이다. 진짜 세상과 부딪치면서 사는 사람들. 그러니 그들은 세상을 아는 게 아니라 그저 자신들이 잘 안다고 생각할 뿐이다.

"인생이 실전이라는 말이 있지요. 후후후."

그리고 노형진은 그들에게 인생이 왜 실전인지 느끼게 해 줄 생각이었다.

"네?"

서태웅 검사는 노형진의 말에 깜짝 놀랐다. 노형진이 자신에게 부탁해서 사건을 맡아 달라고 할 때 그는 기꺼이 나서서 맡아 주었다. 그로서는 손해 볼 것이 없었기 때문이다. 그런데 노형진이 이야기해 준 공격 방식은 전혀 생각지도 못한 방법이었다.

"폭력 행위 등 처벌에 관한 법률 제4조?"

"네."

"지금 그 아줌마들을 조폭으로 만들자는 건가요?"

폭력 행위 등 처벌에 관한 법률 제4조.

그건 쉽게 말해 폭력을 행사하거나 협박 같은 것을 이용해서 돈을 버는 것을 목적으로 집단을 만드는 자들을 처벌하는 규정으로 일반적으로 그런 놈들을 조폭이라고 부른다.

"우리가 조폭으로 만드는 게 아니라 그들은 조폭이 맞습니다."

"아니, 왜요?"

"조폭의 정의가 뭡니까?"

"그거야 다수가 집단을 만들어서 협박이나 폭력을 이용하여 돈을 갈취하거나 금전적인…… 얼레?"

말하다 보니 그는 그 부녀회에서 한 행동이 조폭의 행동과 정확하게 일치한다는 사실을 알아차렸다.

"조폭이네요?"

"그렇지요? 우리나라 고정관념이 무서운 겁니다. 조폭은 남자. 그렇게 생각하니까 부녀회니 여성회니 하면서 실질적으로 조폭 집단처럼 운영되는 자들에 대해서는 일반법을 적용합니다."

"음……."

"근데 생각해 보면 이거 조폭 맞습니다."

"음, 그렇기는 한데……."

조폭들은 무슨 파니 무슨 파니 하고 자칭하는 경우도 있지만, 이름을 따로 붙이지 않고 뭉쳐 다니다가 범죄를 일으키면 경찰이 이름을 붙여 주는 경우도 있었다.

이것이 법이다

'그러고 보니 생각해 보면 그런 경우는 없었네.'

하지만 생각해 보면 여자들에게는 그런 게 없었다. 물론 여자가 남자들보다 그럴 기회가 적은 것은 사실이지만 아예 벌어지지 않는다는 걸 뜻하는 건 아니다. 실제로도 여학교 내의 흑장미파같이 전설로 전해 내려오는 폭력 집단도 있다.

"없는 게 아닙니다. 그저 고정관념이 그걸 막고 있었을 뿐이지요."

"그런가요?"

노형진의 말에 서태웅은 잠시 고민했다.

확실히 현재 노형진을 공격한 부녀회의 행동은 조폭의 행동으로 봐도 무방하다. 아니, 조폭이 맞다.

"이건 지금까지 없었던 일이라서 뭐라고 말하지 못하겠네요."

"뭐든 처음이 있는 법입니다."

"그거야 그렇지만."

서태웅은 고민할 수밖에 없었다. 만일 자신의 생각대로 공격이 들어가서 승리한다면 전국에 있는 부녀회라는 집단들이 모조리 패닉에 빠질 수밖에 없다.

"하지만 부녀회들이 좋은 곳도 많은데."

실제로도 사람들을 모아서 자원봉사를 하거나 바자회를 해서 그 돈으로 불우한 이웃을 돕는 곳도 많다.

"그런 곳은 상관없지요."

"상관없다?"

"일단 이건 자신들이 상습적으로 폭행하지 않은 이상 벌어지지 않을 일입니다."

"그렇군요."

하지만 노형진을 공격했던 자들은 분명 상습적으로 공격했다. 심지어 해당 지역 경찰서장이 아들이라는 점을 이용해서 사건을 은폐하기까지 했다.

"좋습니다. 한번 해 보죠."

서태웅이 고개를 끄덕거리자 노형진은 미소를 지었다.

'으흐흐흐, 세상 무서운 줄 모른다고? 아줌마들이야말로 인생이 왜 실전인지 겪어 봐야 알겠지. 흐흐흐.'

⚖

"개정합니다."

드디어 시작된 재판.

노형진은 자신이 피해자로서 방청석에 앉아서 부녀회 아줌마들의 얼굴을 바라보고 있었다. 그녀들은 생각지도 못한 죄목에 당황한 듯했다.

'하긴, 기껏해야 벌금 정도로 생각했겠지.'

그래서 그들은 안하무인으로 굴 수 있었던 것이다. 이런 경우 대부분 기껏해야 벌금 몇백 정도 나오는 게 전부였기 때문이다. 하지만 현행법상 폭력 단체 구성에 관한 처벌, 즉 조폭은 단순 폭행과는 그 처벌 강도가 전혀 다르다.

"친애하는 재판장님, 피고인들은 서울 시내 모 지역에 있는 대형 오피스텔인 ○○오피스텔에서 부녀회를 하고 있는 자들입니다. 그들은 그곳에서 부녀회라는 이름으로 조직을 구성하고……."

노형진과 오랜 시간 고민해서 만들어 낸 공소장을 읽는 서태웅 검사. 그리고 그걸 들으면 들을수록 상대방 변호사는 얼굴이 창백해졌다.

'하긴 좀 암담할 거다.'

생각하지 않았을 뿐이지, 생각을 조금만 바꾸면 이건 분명히 폭력 행위 등 처벌에 관한 법률 제4조 위반이 맞다.

"피고인 측 변호인, 변론해 보세요."

그 말에 상대방 변호사는 조심스럽게 일어나서 자신의 변론을 읽기 시작했다.

"재판장님, 이것은 오해입니다."

첫 문장부터 노형진은 고개를 흔들었다.

'아니, 그 많은 돈을 다 어쩌고 저런 애를 골랐냐?'

매달 1억이 넘는 돈을 가지고 갔다. 그리고 어디에 썼는지 흔적도 없다. 그런데 시작부터 오해라니.

'쯧쯧……'

척 봐도 그는 나이가 제법 있어 보였다.

'제대로 된 변호사 좀 쓰지.'

변호사는 엄청나게 두뇌를 써야 하는 직업이다. 딱히 정년퇴직이 없다고 하지만 나이가 많을수록 두뇌 활동이 줄어든다.

물론 나이를 먹을수록 약간 교활해지는 부분도 있고 또 완숙미도 늘어나지만 폭력 사건에 오해라는 단어를 쓴다는 건 그가 원래부터 실력이 좋은 사람이 아니라는 뜻이다.

"피고인들은 확실히 폭행 사건이 벌어졌을 때 현장에 있었습니다. 하지만 피고인들은 도리어 피해자라 주장하는 저 노형진에게 구타당하였습니다. 하지만 상대방은 도리어 자신의 권력을 이용하여 사건을 무마하고 피해자들을 범죄자로 만들고 있습니다."

노형진의 예상대로 자신들이 숫자가 많다는 점을 이용하여 거짓을 진술하고 있었다. 일단 저쪽은 여덟 명이고 이쪽은 한 명뿐이다. 그러니 당연히 증인이 많은 쪽이 유리할 수밖에 없다.

"피고인 측 변호인, 상식적으로 여덟 명이나 되는 사람이 한 사람을 이기지 못해서 두들겨 맞는다는 게 말이나 됩니까?"

"저쪽은 건장한 체격의 남자입니다. 하지만 이쪽은 이제는 나이 먹어서 힘이 없는 연약한 아줌마일 뿐입니다."

노형진은 그 말에 기가 막혔다.

'저 아저씨가 대한민국 아줌마들의 힘을 무시하네.'

연약한 아가씨라면 이해가 간다. 하지만 연약한 아줌마라니 그런 단어가 성립되는지조차 불분명할 정도로 나이 먹은 여성들의 공격력은 상상 이상이다. 더군다나 자신의 이권을 위해 협박할 정도면 평범한 아줌마는 아닌 것이다.

"일반적으로 건장한 남자가 공격적으로 나가면 여성들은 얼어붙습니다. 그런 상황에서 한 명씩 폭행한다면 일반적인 여성으로서는 이기기 힘든 것이 사실입니다."

상대방 변호사는 일반론을 이용하여 공격했다.

"흠……."

판사는 약간은 어이가 없기는 했지만 또 한편으로는 그게 가능한 경우도 있어 약간 헷갈리는 듯했다. 그럴 수밖에 없는 게, 실제로도 범죄자 한 명에게 여러 명이 겁먹고 움츠러드는 경우가 많기 때문이다.

그런 그들의 행동에 서태웅은 고개를 돌려서 노형진을 바라보았다

'어떻게 알았지?'

상대방이 그런 식으로 방어할 거라는 걸 알았던 것일까? 노형진은 서태웅에게 관련 증거를 제출한 상태였다.

"피고인 측 변호인은 피해자의 겁박에 피고인 측이 얼어붙어서 저항하지 못했다고 하셨지요?"

"그렇습니다."

"그러면 몇 가지 사실 확인을 하겠습니다. 피고인 측 부녀회는 2년 전 입구를 자동문으로 바꾸면서 기존에 있던 경비원을 해고하였지요?"

"네?"

서태웅의 질문에 당황하는 변호사. 그 질문은 이번 사건과 전혀 관련이 없어 보였다.

"그게 이번 사건과 무슨 관계가 있나요?"

"있습니다. 피고인 측, 대답하세요. 아니면 정식으로 증인으로 올라가시겠습니까?"

그러자 부녀회장은 고개를 끄덕거리면서 대답했다.

"네, 입구를 자동화하면서 경비원으로 바꿨습니다."

"그러면 현재 그 오피스텔에는 경비원이 없는 상태인 거네요?"

"그렇지요."

그 건물은 경비원이 없다. 그저 자동화된 문과 청소하는 청소부 아줌마만 있을 뿐이다.

"그리고 그 사유가 안전을 위해서라고 했습니다. 맞습니까?"

"네."

"그런데 그 안전을 위해 시설을 바꾸면서 그 당시에 각 층에 있던 CCTV를 철거한 이유가 뭡니까?"

그 말에 부녀회장의 얼굴이 딱딱하게 굳었다.

"그건……."

"문은 자동으로 바꾸는 이유가 안전을 위해서인데 안전을 위한 내부 감시 장비인 CCTV를 없앤 건 정작 부녀회입니다. 맞습니까?"

"그건……."

"그리고 그 사건은 부녀회의 폭행 사건이 터진 이후입니다. 아닌가요? 2년 전 부녀회는 부녀회 가입을 거부했다는 이유로 새로 입주한 여성에 대해서 폭행을 가하였고 그로 인해 벌금 80만 원을 냈습니다."

"……."

"상식적으로 다수에 의한 폭행이 벌금 80만 원이 나온다는 건 말이 안 됩니다."

그때도 서장이 중간에 막아 버려서 벌금으로 끝났던 것이다.

"그 당시 사건 기록에 따르면 가장 확실한 증거로 제출되었던 것이 내부 CCTV입니다. 그런데 그 사건 이후로 내부에 있던 CCTV가 모조리 사라졌습니다. 아닌가요?"

"……."

"CCTV가 무슨 죄라고 CCTV에 보복합니까?"

"……."

"그리고 더 웃긴 건 그 후에 사건입니다. 사건으로 인한 처벌은 받지 않으셨을지 몰라도 사건 접수 기록 자체는 남지요."

그는 제법 두툼한 서류를 꺼내더니 읽어 주기 시작했다.

"이 기록에 따르면 재작년 4월 폭행과 관련해 피고인들은 고발되었습니다. 하지만 증거 불충분으로 풀려났죠. 그런데 반대로 피고인들을 고발했던 사람들은 피고인들의 고발로 폭행으로 벌금 800만 원을 선고받았습니다. 그런데 이게 재작년 7월, 9월, 12월에도 같은 일이 있었습니다. 작년 3월 5

월, 8월, 9월, 올해 1월, 6월에도 있었네요."

"그렇습니까?"

전혀 알지 못한 사실이었기에 상대방 변호사는 당황할 수밖에 없었다.

"네, 그때마다 카메라가 없어 고발당한 부녀회는 증거 불충분으로 풀려났습니다. 그에 반해 고발한 사람들은 부녀회 사람들의 증언에 따라서 폭행으로 처벌받았지요. 재판장님, 여기 그 당시 사건 기록을 제출합니다."

"인정합니다."

"재판장님, 그건 이번 사건과 아무 관련이 없는 전혀 다른 사건입니다."

그 말에 재판장은 변호사를 바라보았다. 그러고는 따끔하게 한마디를 했다.

"이봐요, 피고인 측 변호인."

"네?"

"이번 사건은 조직 폭력에 관한 사건입니다. 그리고 조직 폭력은 지속적인 폭행 사건을 발생시키지요. 당연히 이 증거들은 이번 사건과 관련이 있습니다."

그 말에 상대방 변호사는 아차 싶었다.

'보아하니 조직 폭력 쪽 사건을 전혀 해 본 적이 없나 보군.'

노형진은 직감적으로 그걸 알아차렸다. 변호사들도 조직 폭력 사건을 좋아하는 건 아니다. 조폭들 역시 아는 변호사들만 쓰는 경향이 강하다. 그래서 일반적인 변호사들은 조직 폭력에 관련된 사건을 맡을 기회가 없다. 당연히 그는 일반적인 폭력 사건처럼 사건을 준비했을 것이다.

'쯧쯧.'

노형진은 도대체 왜 저런 인간을 썼는지 이해할 수가 없었다.

"즉, 이 기록대로라면 피고인들은 자신들의 범죄를 은폐할 목적으로 내부 증거가 될 수 있는 CCTV를 자신들의 권력을 이용하여 제거하였다는 뜻이 됩니다."

"아닙니다! 변호사님! 아닙니다!"

부녀회장은 기겁하면서 펄쩍 뛰었다. 하지만 강한 부정은 강한 긍정이라는 말이 있다. 그녀가 그렇게 펄쩍 뛰는 것은 실제로 그런 목적으로 그랬을 가능성이 높다는 뜻이 된다.

"그러면 왜 없었습니까?"

"그게…… 인건비 절감 차원에서……."

또다시 나온 인건비 절감 차원이라는 변명.

확실히 CCTV를 달아 뒀다면 그걸 보는 사람이 있어야 정상이다. 일반적으로는 말이다. 그러나.

"그건 인건비와 관련이 없는 모델일 텐데요?"

"인건비와 관련이 없는 모델?"

"그렇습니다, 재판장님. 해당 오피스텔에 설치된 모델은 따로 모니터 룸이 있는 시스템이 아닙니다. 범죄가 일어나는 걸 확인하는 것이 아니라 그 현장을 녹화해서 범인을 잡는 목적으로 개발된 것입니다. 기본적으로 경비실로 화면이 전송되기는 하지만 경비실은 경비원을 없애면서 사라졌기에 의미가 없습니다. 하지만 그래도 해당 화면은 내부에 있는 저장 시스템에 저장됩니다. 그건 인건비를 먹는 게 아니라 약간의 전기를 먹습니다."

"제…… 제가 말을 잘못했습니다. 인건비가 아니라 과도한 운영비 때문입니다."

검사의 말에 재빨리 말을 바꾸는 부녀회장. 하지만 검사는 새로운 증거를 꺼내 들었다.

"그 운영비에 관련된 서류입니다. 이는 그 시설을 설치한 회사에서 제출한 내역으로 상황에 따라 약간의 변동이 있을 수 있지만 10% 이상은 차이가 나지 않는다고 했습니다. 이 기록에 따르면 전기세는 매달 3만 원 선. 그리고 시설 정비에 들어가는 돈이 10만 원 선이라고 합니다. 그러니까 매달 13만 원 정도의 돈이 들어가는 건데, 수백 명의 안전을 보장하는 데에 들이기에는 적은 돈 아닌가요? 더군다나 이 기록에 따르면 해당 CCTV를 없애는 공사를 하는 데에 들어간 돈이 대략 2,800만 원입니다. 1년 운영비를 많이 잡아도 150만 원 정도니까 대략 19년 정도 운영할 수 있습니다. 안전을 포기하기 위해 돈을 더 준다니, 이상하지 않습니까?"

그 말에 부녀회장은 아무런 말도 못 하고 눈을 데굴데굴 굴릴 뿐이었다.

"그 여자 표정, 보셨어요?"

"봤지요."

노형진은 흐뭇한 얼굴로 커피를 입에 머금었다. 싸구려 자판기 커피임에도 불구하고 왠지 그 향기가 너무나 좋게 느껴졌다.

"자신이 한 행동이 이런 식으로 자기 목숨 줄을 조일 거라고는 생각하지 못했겠죠."

서태웅은 피식 웃으면서 말했다.

사실 이 모든 자료는 노형진이 구해다 주거나 자신에게 말해서 구하도록 한 말이었다.

"이건 개별적으로 보면 의미가 없는 증거들인데요."

공사 기록 내역서도, 전기세 내역서도 그다지 사건과 별반 관련이 없는 내용이다. 그런데 그걸 절묘하게 확인하니 딱 봐도 부녀회는 폭행할 목적으로 내부 감시 시스템을 없애 버린 게 확실했다.

"이런 범죄는 오랫동안 벌어집니다. 순간적으로 벌어지는 일반적인 사건하고는 전혀 다르지요. 그러니까 아주 오래전부터 그들의 행동을 분석해야 합니다."

노형진의 말에 서태웅은 고개를 끄덕거리면서 인정할 수밖에 없었다.

"맞는 말이네요. 하긴 아파트니 오피스텔이니 부녀회라는 집단이 문제를 일으킨 게 어디 한두 해도 아니고."

대부분의 사람들에게 부녀회는, 특히 아파트 부녀회란 곳은 치가 떨리는 곳이다. 언제부터인가 주민자치를 목적으로 만들어진 부녀회가 자신들의 이권과 탐욕을 채우는 도구로 사용되고 있었기 때문이다.

"결과적으로 말해 이번 사건은 다른 조직 폭력 사건과 다를 바 없습니다. 이권이 있고 자신의 구역이 있고 폭행이 있지요."

"그리고 상납금도 말입니다."

노형진의 말에 서태웅은 한마디 덧붙였다.

"그쪽으로는 뭐가 나왔나 보군요?"

노형진은 그가 말하는 걸 보고 그가 한 건 했다는 사실을 알아차렸다.

"네, 후후후. 대한민국 검찰 아닙니까?"

검찰은 변호사가 아니다. 그들은 공권력을 가지고 있으며 결코 변호사가 할 수 없는 것을 당당하게 할 수 있었다.

"다음 재판은 아마 제법 즐거울 겁니다."

"제가 드린 게 없어도요?"

"뭐, 필요할까 싶은데요?"

서태웅이 왠지 자신이 있어 보이자 노형진은 은근히 기대되었다.

'그러고 보니 사건에서 기대라는 걸 해 본 게 언제더라?'

거의 없었던 것 같다. 상대방에 대해 대부분 예상하는 게 그였기에 설사 예상하지 못했다고 해도 그건 부담으로 다가올 수밖에 없었다. 모르는 걸 방어해야 하니까. 그런데 기대라니.

'이거참, 기분 묘하네.'

노형진은 자신이 피해자라는 사실을 새삼스럽게 느끼고 있었다.

"두 번째 기일을 시작하겠습니다."

두 번째 기일이 시작되자 앞으로 나서는 서태웅.

노형진은 그가 확신한 게 있었기에 이번에는 조언하지 않았다. 무조건 자신에게 기대는 것은 좋지 않으니까.

'그리고 아직은 검사란 말이지.'

검사란 직업은 적이 될 수도 있는 직업이다. 그러니 자신의 모든 것을 공개하지는 않았다. 하지만 그럼에도 불구하고 서태웅은 자신이 있는 얼굴이었다.

"피고인들."

"네?"

"상납금이라고 아십니까?"

"그게 뭔가요?"

"조직 폭력배들이 일정 지역을 점령한 뒤 해당 지역에 있는 주민들이나 상인들에게 보호비라는 명목으로 강제로 빼앗는 돈을 말합니다. 당연히 불법이니 어떤 법적인 근거도 없지요."

"그게 우리와 무슨 관계가 있습니까? 이번 사건과는 아무런 관련도 없습니다."

상대방 변호사는 애써 선을 그었다. 그는 여전히 이번 사건이 조폭 관련 범죄가 아니라고 주장하고 있었다. 그래야만 최소한의 형량으로 끝나기 때문이다. 만일 인정되면 이 안에서 실형이 나오지 않을 사람은 아무도 없었다.

"뭐, 상납금이라는 이름은 솔직히 중요하지 않습니다. 그이름은 지역마다 다르거든요. 어떤 곳은 보호비라고도 하고어떤 곳은 관리비라고도 하고 말이죠. 하지만 공통점이 있지요. 일정 기간에 한 번씩 정해진 돈을 내야 한다는 거죠. 그리고 그 수금을 하는 집단이 어떠한 법적 근거나 돈을 걷을수 있는 권한도 없다는 것도요."

"그래서요?"

"그래서 말인데? 부녀회비, 어디 갔습니까?"

"부녀회비는 이번 사건과 관련이 없는 돈입니다."

변호사는 애써 그렇게 주장했다. 하지만 그 또한 그게 먹힐 리 없다는 걸 알고 있었다. 관련이 없을 수가 없다. 매달

1억에 가까운 돈이 들어간다. 심지어 관리비는 따로 내면서 말이다. 그런데 그 부녀회비에 대한 지출 내역은 단 한 번도 공개된 적이 없다.

"관련이 없다고 생각하십니까?"

"네."

"좋습니다. 그러면 이걸 해명해 보시지요."

서태웅은 뭔가를 꺼내 들었다.

"이건 강월랜드에서 보내 준 고객 명단입니다. VIP로 분류되며 매달 1억 가까운 돈을 쓰고 가신다고 합니다."

그걸 가지고 가서 부녀회장에게 내미는 서태웅.

"그런데 이거 회장님 이름 아닙니까?"

그걸 본 부녀회장의 얼굴이 사색이 되었다. 아니, 그뿐만이 아니었다. 그곳에 있던 여덟 명 모두 그걸 보고 사색이 되었다.

"참 공교롭지요. 같은 지역에서 같이 움직이는 분들이 함께 강월랜드의 VIP가 되셨습니다. 그것도 매달 1억에 가까운 돈을 쓰면서요. 우연치고는 참 재미있는 우연인데요. 강월랜드의 기록에 따르면 그렇게 쓰신 돈이 무려 50억이 넘는데 입고 계신 옷이나 가방을 보면 다 명품입니다. 집이 잘사시나 봅니다?"

"그건……."

"그리고 추가로 피고인들의 지난 몇 년간 세금 내역서를 제출하겠습니다. 이 내역서에 따르면 지난 몇 년간 피고인들의 재산은 그다지 큰 변동이 없었습니다. 50억이나 쓰신 분들치고는 말입니다."

"헐?"

노형진은 생각지도 못한 말에 깜짝 놀랐다.

강월랜드. 대한민국 최고의 도박장. 그리고 유일한 도박장.

'하긴…… 검찰이니까 가능하겠군.'

아무리 노형진과 새론이라고 해도 강월랜드의 자료를 빼올 수는 없다. 도박장이라는 특성상 자신들의 정보를 철저하게 관리하기 때문이다. 하지만 공권력이라는 것. 그것은 의외로 막강했다.

"피고인 측, 하실 말씀이 있습니까?"

그 말에 변호사는 당황스러운 얼굴로 피고인들을 바라봤다.

'그래, 그럴 줄 알았다.'

노형진은 그걸 보고 상대방 변호사가 그걸 알지 못하고 있었다는 사실을 눈치챘다.

'저런 아줌마들이 뻔하지, 뭐.'

노형진은 인간을 믿지 않는다. 정확하게는 의뢰인을 믿지 않는다. 의뢰인은 자신에게 유리한 부분만 말하려고 하는 성향이 있으니까. 강간범도 그 녀석의 말만 들으면 꽃뱀에게 물린 것뿐이다. 그래서 실력이 좋은 변호사는 상대방뿐만 아니라 의뢰인의 배신 아닌 배신도 준비해야 한다.

'그런데 저런 아줌마들이 이야기하겠어?'

딱 봐도 부녀회에서 변호사에게 저런 부분에 대해 이야기 했을 가능성은 낮아 보였다.

"음……."

변호사는 심각한 얼굴이 되었다. 이건 자신이 어떻게 막을 수 있는 수준을 한참 넘어섰다. 애초에 자신이 들었던 것은 단순 폭행이었지, 조폭 관련 사건이 아니었다. 더군다나 자신은 듣지도 못한 죄목이 줄줄이 나오고 있었다.

"재판장님, 이 사실은 듣지 못했습니다. 반박 자료를 준비 하는 데에 시간이 걸릴 것 같습니다."

결국 두 손 두 발 다 드는 상대방 변호사.

"그러면 다음 기일을 잡을까요?"

판사는 서태웅을 바라보았다. 하지만 서태웅은 다음 기일 전까지 할 말이 너무 많았다. 노형진의 방식을 잠깐 옆에서 구경했을 뿐인데도 증거가 너무나도 많이 넘치는 신천지가 보이는 느낌이랄까?

"아예 새로운 증거에 대해 다 듣고 가시는 게 좋을 듯합니 다. 그래야 다음 재판에 준비하시지요."

"새로운 증거요?"

또 있다는 말에 사색이 되는 변호사.

"네."

서태웅은 새로운 증거를 꺼내 재판장에게 내밀었다.

"재판장님, 이 기록은 일반적인 자동문 설치 비용에 관련된 내용입니다. 전문 업자 다섯 명에게 문의해 본 결과, 해당 오피스텔의 자동문 설치 비용은 대략 2억 2천 정도였습니다. 문을 설치하고 그걸 각 집마다 연결해야 하니까요."

"그래서요?"

"그런데 그 당시 부녀회에서 제출한 기록에 따르면 공사비용은 총 5억 8천입니다. 일반적인 가격보다 두 배 이상 비싼 가격을 주고 공사한 셈입니다."

이제는 아예 포기한 시선으로 피고인들을 바라보는 변호사.

하지만 부녀회는 그런 변호사의 얼굴도 보지 않았다. 아니, 못했다. 증거 하나가 나올 때마다 그들의 범죄가 낱낱이 드러났기 때문이다.

"더군다나 피고인들은 집단적으로 각 가정으로 몰려가서 부녀회 가입을 강제하면서 강제로 부녀회비의 납부를 요구했습니다. 이는 명백하게 폭력 행위 등 처벌에 관한 법률 제4조의 3항을 위반한 것입니다. 또한 피고인들은 자녀가 경찰인 점을 이용하여 사건을 은폐하고 피해자를 가해자로 돌변시키는 등 명백하게 공무 집행 방해 행동을 하였습니다. 폭력 행위 등 처벌에 관한 법률 제4조 2항의 1에 따르면 그런 경우 형을 가중하도록 되어 있습니다."

줄줄이 나오는 증거들. 그런데 상대방 변호사는 그걸 그다지 심각하게 보지 않고 있었다. 정확하게 보면 관심이 없어

보였다. 노형진은 그걸 보고 혀를 끌끌 찼다.

'그만둘 생각이군.'

이렇게 철저하게 변호사에게 거짓말했으니 변호사의 입장에서는 제대로 된 변론을 할 수가 없다. 그렇다면 변호사가 할 수 있는 건 별로 없다.

더군다나 단순 폭행에 대한 변론 비용과 조직 폭력에 대한 변론 비용은 말 그대로 천지차이다. 단순 폭행은 몇백만 원 정도지만 이런 집단적 조직 폭력은 4천 이하로는 변호사들이 받지 않는다.

"이러한 상황으로 봤을 때."

마지막 구형을 하려고 하는 검찰.

구형이란 검사가 판사에게 어느 정도 형량을 내려 달라는 요구를 하는 것을 뜻한다. 판결은 판사가 하지만 구형은 검사가 한다.

"피고인들의 집단적 범죄행위는 명백하게 폭력 행위 등 처벌에 관한 법률 제4조에서 말하는 조직 폭력에 해당하고, 피고인들은 그 집단의 수괴이자 간부들로서 폭력을 행사하고 금품을 갈취하며 사법 체계를 붕괴시켰으므로 그 수괴인 부녀회장에게는 징역 20년을, 그 집단의 간부들에게는 징역 10년을 청구하는 바입니다."

그 말에 부녀회장들은 사색이 되어 비명을 질러 대기 시작했다.

"또한 과거 경찰을 이용하여 증거를 은폐한 기록이 있는 바 법정 구속을 함이 마땅하다고 생각합니다."

판사는 그 말에 잠시 침묵을 지켰다.

판결하기 위해서는 아직 시간이 좀 있기는 하다. 하지만 법정 구속의 경우 명확하게 지금 판단해야 한다. 하나 그동안의 범죄 사실과 범죄 은폐 내역을 보면 결론은 이미 나와 있었다.

"잘 들었습니다. 구형 내역에 대해서는 좀 더 법적인 판단이 필요한 듯 보입니다. 더군다나 피고인 측 변호인이 정회를 요청했으니 다시 기일을 잡도록 하겠습니다. 하지만 법정 구속은 인정합니다. 경위, 피고인들을 모두 구속하세요."

"네!"

대기하고 있던 경위가 어디론가 무전을 날리자 잠시 후 건장한 경비원들이 안으로 들어왔다. 그러자 구속당하게 된 부녀회는 비명을 질러 댔다.

"살려 주세요!"

"잘못했습니다! 제발…… 잘못했습니다!"

"이 여자가 다 시킨 거예요! 이 여자가 자기가 하자는 대로 하면 돈을 벌 수 있다고 했어요!"

"여보! 여보!"

"우리 아기를 봐서 한 번만 용서해 주세요!"

마구 울부짖으면서 끌려 나가는 사람들.

"정회하겠습니다."

판사는 자리에서 일어나면서 그렇게 말했다.

"다음번에는 오지 않아도 되겠네."

피해자로서 그냥 구경 삼아 오기는 했지만 노형진은 직감적으로 이미 끝난 싸움이라는 것을 알 수 있었다.

그럴 수밖에 없는 게 법정 구속을 했다는 것은 어느 정도 심적으로 판단이 내려졌다는 뜻이기 때문이다.

만일 폭력 행위 등 처벌에 관한 법률 제4조 위반이 아니라고 생각했다면 이건 단순 폭행에 지나지 않으니 법정 구속 사유가 되지 않는다.

"내 아들이 누군지 알아! 내 아들이 누군지 아냐고! 내 아들이 힘만 쓰면 너희는 다 죽어!"

서장의 엄마라는 인간은 최후까지 아들을 팔아먹으면서 고래고래 소리를 질렀지만 결국 문이 닫히면서 그 목소리는 고요 속으로 사라졌다.

"이거 이거, 강월랜드는 생각도 못 했는데요?"

"하하하."

노형진은 서태웅에게 자신의 소감을 솔직히 말했다. 강월랜드는 생각도 못 한 카드였다.

"조폭들을 때려잡으면서 느낀 게 그 새끼들이 돈 생기면 가장 많이 쓰는 게 여자, 아니면 도박이더라고요."

"그렇기는 하죠."

저들은 부녀회라는 이름으로 조폭처럼 운영되었다. 당연히 그 넘치는 돈을 어딘가에 써야 정상이다.

"그리고 노 변호사님도 느끼셨겠지만 변호사가 그다지 실력 있는 사람이 아니더라고요. 즉, 돈이 없다는 소리인데 그럼 돈을 다 썼다는 뜻이거든요."

"그리고 그 정도 돈을 날려 버릴 만한 곳은 한정되어 있지요."

"네."

명품 백 같은 것을 살 수는 있다. 하지만 매달 나오는 1억으로 명품 백을 사면 집이 가방으로 가득 찰 것이다. 그렇다고 집이나 자동차를 사면 대놓고 '난 횡령을 했습니다.'라는 식의 결론이 나온다. 결과적으로 그들이 그 돈을 쓸 수 있는 기회는 한정되어 있었던 것이다.

"덕분에 많이 배웠습니다."

서태웅은 노형진의 두 손을 꼭 잡았다.

"뭐, 제가 특별히 뭘 가르친 건 아닙니다. 스스로 터득한 거죠."

노형진은 그저 미소로 답할 뿐이었다.

⚖

"어떻게 되었어?"

"뭘요?"

"그 사건 말이야."

노형진은 일하다 말고 송정한의 말에 무슨 사건인가 하고 생각하다가 자신이 피해자였던 그 사건을 말한다는 사실을 알았다.

"아, 그 사건요?"

"그래?"

"글쎄요?"

"확인하지 않았어?"

"네."

피해자에게 결과를 보여 주지는 않기에 노형진은 사건을 확인해야 하는데 바쁜 나머지 잊고 있었다.

"그거 확인해 봐."

"그럴까요?"

노형진은 재빨리 인터넷에 접속해서 사건 기록을 확인했다. 확인 결과, 사건은 대략 2주 전쯤에 끝난 것으로 되어 있었다.

"헐?"

"왜? 설마 풀려난 거야?"

"아니요. 생각보다 형량이 강해서요."

서태웅이 10~20년을 이야기했지만 보통은 그 절반 정도 나오는 것이 보통이다. 일단 상대방이 여성이면 판사들은 최대한 형량을 깎아 주기 때문이다. 그런데 사건 기록은 그런 상식을 깨 버렸다.

"부녀회장이 17년. 다른 부녀회 임원들이 6년 나왔어요."

"뭐? 그렇게 많이?"

"네."

이 정도면 엄청나게 나온 것이라서 노형진은 깜짝 놀랐다. 임원이야 예상은 한 수준이지만 부녀회장은 상상을 초월했다.

'내가 준 증거 때문인가? 아닌데?'

증거들이 유죄를 확정할 수는 있을지 몰라도 이렇게 처벌이 강하게 만드는 데에는 부족했다.

"기록을 한번 봐야겠네요."

노형진은 전문을 뽑아서 천천히 읽기 시작했다. 그리고 다 읽자 송정한에게 건넸다.

"다른 건물이 있었답니다."

"응? 무슨 소리야?"

"그 사람이 가진 집이 제가 살던 집 말고도 다른 곳도 있었데요."

"뭐야? 그럼 설마?"

"네, 거기서도 부녀회장 노릇을 한 거죠."

쉽게 말해 폭력 조직 두 곳을 운영한 것이다. 심지어 똑같은 방식으로 운영하면서 사건을 은폐하거나 횡령하고 폭력을 행사했다고 한다.

"이거 이거……."

아무래도 나가지 않는 사이에 서태웅이 다른 곳에서 또 한 건을 찾은 모양이었다.

"어쩐지."

"어쩐지?"

"뉴스 안 보나?"

"무슨 뉴스요?"

"인터넷에서 좀 찾아보게."

그 말에 노형진은 인터넷에서 부녀회라는 단어를 검색했다. 그런데 생각지도 못한 뉴스가 화면에 떠올랐다. 갑자기 부녀회장들이 사퇴하면서 배상하든가 부녀회가 물러나든가 심지어 그동안 받은 부녀회비를 모조리 토해 내는 곳도 있다는 뉴스가 각 언론사마다 가득했다.

"뭐야?"

"몰랐나? 자네가 새로운 길을 연 걸세."

"새로운 길요?"

"그래, 그동안 부녀회라는 조직이 애매한 조직이었잖나?"

"그렇지요."

자치를 위해 만들어진 곳이다 보니 섣불리 손대기도 힘들고, 그렇다고 그냥 두자니 온갖 범법은 다 저지르고 다니는 곳들이었다. 벌써 몇 년째 방송에서 문제에 대해 지적했음에도 불구하고 정부에서는 그들을 제어할 마땅한 방법이 없었다. 기껏해야 민사를 하라는 수준?

"그런데 자네가 길을 찾은 거지."

"아아아."

부녀회에서 이득을 위해 폭력을 행사하면 그건 조직 폭력이 된다. 심지어 부녀회장이 된 후 다른 부녀회장이 뽑히는 걸 막기 위해 회원들을 폭행하는 경우까지 있었다. 그런데 그런 행동들에 대해 지금까지는 벌금 얼마만 내는 수준이었는데 한번 조직 폭력이라는 판례가 생겼으니 부녀회라는 이름으로 온갖 범법을 다 저지르던 집단에 대해 대대적인 고발이 시작된 것이다.

"서태웅 검사가 이번 사건을 총괄한다더군."

"피바람이 불겠네요."

"그렇겠지."

알려지지 않았을 뿐, 많은 곳에서 부녀회라는 폭력 집단이 존재한다. 처음에는 좋게 시작한 부녀회라고 할지라도 누군가 욕심을 부리게 되면 순식간에 기득권 집단이 되는 것이다.

가령 어떤 아파트의 경우, 아파트 경비원에게 출근하는 아파트 주민에게 서서 인사하라고 강제시킨 부녀회장도 있었다. 그래서 회원들이 항의하자 그녀는 사과하는 대신 회원들을 구타했다.

"이제는 그 짓을 못 하는 거지."

세를 불려서 회원들을 폭행하거나 이권을 노리는 순간 조직 폭력이 되는 셈이니까.

"허."

노형진은 자신도 모르게 탄성을 내질렀다.

'이거 생각보다 일이 커졌네?'

자신이 알기로는 부녀회 문제는 미래에도 심각한 골칫거리였다. 그런데 생각지도 못하게 골칫덩어리 하나가 사라진 것이다.

"생각해 보면 간단한 문제였는데 말이야."

변질된 부녀회의 운영 방식은 조폭의 그것과 무척이나 닮아 있다. 그런데 여자라서, 결혼한 가정주부라서 조폭과는 관련이 없다는 생각이 그들을 단순 폭행범을 처벌하게 하면서 그들이 안하무인으로 날뛸 수 있게 만들었던 것이다.

"덕분에 남상주 변호사가 요즘 입이 찢어져."

"네? 남 변호사님은 왜요?"

"전에 못 들었나? 남 변호사 와이프가 부녀회장이랑 대판 싸웠다고."

"아, 그랬죠……."

그때 분명 남상주 변호사는 말이 통하는 인간이 아니라고 포기하라고 했다. 그런데 왜 자신 때문에 기분이 좋아진단 말인가?

"그 부녀회장이 매일같이 한우 사 들고 와서 한 번만 용서해 달라고 빈다잖아."

"아아!"

같은 아파트에 살고 있어 남편이 변호사인 것은 알고 있을 테니 자신의 행동이 조직 폭력에 해당된다는 사실을 알고는 용서받기 위해 자신과 싸웠던 모든 사람들에게 한우를 사 들고 쫓아다니고 있단다.

"그동안 해 먹은 거 다 한우값으로 나갈 판국이라던데?"

"하하하!"

　노형진은 그 말에 배꼽을 잡고 웃기 시작했다.

"크하하하!"

　작은 분노에서 시작된 행동이 세상을 바꾸고 있었다.

아이들은 우리의 미래

　"음, 이 사건은……."

　노형진은 사건을 살피면서 동시에 법전을 살피고 있었다.

　법은 살아 있다는 표현이 있다. 법전은 매년 바뀌고 새롭게 변한다. 변호사가 되었다고 방심하는 순간 그 변호사는 순식간에 도태될 수밖에 없다.

　"노 변호사."

　"네?"

　"잠깐 시간이 있나?"

　얼굴을 내미는 송정한. 그런데 그의 얼굴이 그다지 좋지 않았다.

　"무슨 일입니까?"

송정한의 얼굴이 노형진은 고개를 갸웃했다.

"잠깐……."

말하지 않는 그의 모습에 노형진은 일단 고개를 끄덕거렸다.

"일단 들어오세요."

노형진은 그에게 자리를 만들어 줬고 문을 닫았다. 딱 봐도 그가 남들에게 이야기하고 싶어 하지 않는다는 걸 알았기 때문이다.

"무슨 일이신데요? 우리 회사 사건으로 오신 것 같지는 않은데."

"자네 능력 말이야, 그게 급하게 필요해."

"네?"

능력이라는 말에 노형진은 무슨 소리인가 했다. 하지만 그가 말하는 능력은 한 가지뿐이다. 그는 노형진의 사이코메트리 능력을 알고 있었다.

"무슨 일이 있습니까?"

"비밀리에 움직여야 할 일이네."

"비밀리에?"

"그래."

"무슨 일인데?"

"유괴일세."

그 말에 노형진의 얼굴이 창백해졌다.

유괴.

금전적 목적으로 누군가를 납치하고 그 돈을 요구하는 사건.

"그게 무슨 말씀이십니까? 유괴라니요?"

"우리가 거래하는 부자들이 많은 거 알지?"

"알죠."

노형진이 정신병원에 갇혀 있는 부자들을 풀어 주면서 그들과의 거래가 시작되어 회사에 큰 도움이 되고 있었다.

"설마?"

"그래, 정태성이라고 우리와 거래하는 분이 계시네. 그분 손자가 유괴되었다네."

"정태성 씨요?"

노형진도 기억한다. 두 딸과 큰아들이 그를 정신병원에 넣어서 정신병원에서 꺼내 준 사람이었다. 나중에 외국에 나가 있던 둘째 아들이 급하게 들어와서 노형진에게 소식을 듣고는 얼마나 놀랐던가.

"둘째 아드님의 아이인가요?"

"그래."

두 딸과 큰아들은 연을 끊었다. 더군다나 그들은 이미 땡전 한 푼 없는 거지다. 당연히 납치범이 그들을 노릴 이유가 없다.

"경찰은요?"

"경찰에 이야기하지 말라고 했네."

"그건 당연한 거죠. 그래도 해야지요."

"알고 있네. 솔직히 말하면 신고는 했지. 전화기에 추적 장치와 녹음 장치도 다 설치했네. 물론 상대방도 그걸 알겠지만."

유괴 사건이 터지면 가장 먼저 하는 이야기가 바로 경찰에 알리지 말라는 말이다. 하지만 유괴범조차도 그 말이 지켜질 거라 생각하지 않는다. 그런 상황에서 믿을 거라고는 경찰뿐이니까.

"그런데…… 자네도 알잖나."

"그렇지요."

경찰이 아무리 노력한다고 하지만 유괴된 아이의 생존 확률은 그다지 높지 않다. 일단 아이가 납치범의 얼굴을 봤기 때문에 은폐를 위해서라도 죽이는 경우가 적지 않다.

"경찰도 그렇더군."

"네? 미친 거 아닙니까? 범인 안 잡는데요?"

"한국은 전문 경찰이 없지 않나."

"끄응…….."

미국은 이런 사건을 아주 중요한 사건으로 보고 유괴를 전문으로 하는 경찰을 따로 키운다. 당연히 피해자나 가해자의 심리 상태까지 모조리 공부하게 되어 있다. 그런데 우리나라 경찰은 그런 게 없으니 그냥 사건이 터지만 아무나 붙여 버린다.

"아주 죽여 달라고 고사를 지내는군요."

"좀 그렇지."

물론 그들도 아이를 구할 생각이 없는 것은 아니다. 하지만 수사에 들어가기도 전에 저런 말을 했다는 건 일단 어쩔 수 없었다고 변명할 구멍을 만들어 두는 일종의 공무원식의 복지부동 정신의 발로다. 쉽게 말해 미리 애가 죽을 수도 있다고 말해 놔서 진짜 애가 죽으면 자신의 책임을 벗어나려고 하는 것이다.

'망할 새끼들.'

피해자들에게 저런 말은 절대 금물이다. 희망을 줘도 힘든 게 지금 상황이다. 그런데 일단 나갈 구멍부터 만들어 두다니.

"그래서 우리 쪽에 연락하신 겁니까?"

"그래."

"그럼 프로파일러는 왔습니까?"

"안 부른다더군."

"네? 이거 유괴 사건이에요."

"그런 말도 안 되는 장난을 할 생각은 없다네. 그래서 내가 자네를 찾아온 걸세."

노형진은 아차 싶었다.

솔직히 말하면 프로파일러와 경찰의 관계는 좋다고 말할 수가 없다. 특히 현장에서 뛰는 경찰들은 프로파일러들을 믿지 않는 성향이 강하다. 현장에서 보이는 몇 가지만 보고 사람을 맞힌다는 게 장난 같다는 이유에서다.

'아직은 사이가 좋을 때가 아니지.'

그렇다. 물론 미래에도 사이가 좋지 않은 건 여전하지만 그래도 프로파일러라는 것에 대해서는 인정한다. 하지만 아직은 대부분의 형사들이 프로파일링을 일종의 심리학적인 장난으로 치부하는 경향이 더 강했다.

"우리가 요구했는데도요?"

"그래."

"음…….'

노형진은 고민스러운 얼굴이 되었다.

'유괴 사건에서는 프로파일링이 중요한데.'

다른 살인 사건은 피해자가 죽었으니 범인을 잡는 데에 집중한다. 하지만 이 유괴의 경우라면 피해자가 살아 있으므로 한시라도 빨리 그를 찾아야 한다.

"그래서 제 능력으로 찾아보실 생각인 겁니까?"

"가능하겠나?"

"글쎄요……. 어디서 납치당했는지 아십니까? 아니면 떨어진 거라도?"

그 말에 송정한은 고개를 흔들었다.

"그럼 안 됩니다. 관련이 있어야 해요."

사이코메트리는 만능이 아니다. 그 장소를 알거나 관련 물품이 있어야 한다. 그런데 아무것도 모르는 상황에서는 노형진의 능력은 도움이 되지 않는다.

"어디로 사건이 일어났는지도 모른다는 건가요?"

"그렇다는군."

노형진은 심각한 얼굴이 되었다.

'이건 내가 해결할 수 있는 게 아니다.'

그가 하기 위해서는 최소한의 도움이 필요하다.

"프로파일러를 불러올 수는 없겠지요?"

"어디서 말인가?"

노형진은 고민하기 시작했다. 경찰이 데려오는 걸 거부했다면 자신들이 따진다고 해도 데려올 리 없다. 설사 데려오고 싶어도 한국의 프로파일러들의 숫자는 무척이나 적은 편이다.

더군다나 프로파일러는 혼자 일하지 않는다. 서로 보완하기 위해서라도 네 명에서 여섯 명 정도로 이루어진 팀으로 일한다. 그래야 엉뚱한 사람을 추적하지 않기 때문이다.

"우리가 고용할까요?"

그 순간 노형진의 머릿속을 스치고 지나가는 한 가지 기억. 그 기억이 맞다면 기회를 잡을 수 있을지도 모른다.

"고용? 아니, 프로파일러가 그렇게 쉽게 구해지나? 프로파일러는 최소한 두 개 이상의 자격증이 필요하고 현장 경험도 5년 이상 필요하네."

"압니다."

"그런데 그런 사람이 어디 흔하게 있나?"

"흔하지는 않지요. 하지만 적당한 사람은 있습니다."

"적당한 사람?"

"네, 문제는 그들이 경찰이라는 거지요."

"으음……"

애초에 현장에서 5년 이상을 지내야 한다는 것은 경찰이 아니면 불가능한 일이다. 그러니 경찰일 수밖에 없다.

"문제는 그들을 1회용으로는 쓸 수 없다는 거죠."

"그렇겠지. 결국 우리가 데리고 있어야 한다면 고용의 형태만이 가능하겠군."

송정한은 고민하기 시작했다. 하지만 딱히 프로파일러가 있다는 점이 뭐가 좋은지 알 수가 없었다.

"좋게 생각하셔야 합니다. 프로파일러가 있다면 우리가 얻는 이득이 이만저만이 아닙니다."

"이만저만이 아니다?"

"네, 우리는 사건을 질보다는 양으로 승부하는 로펌입니다."

"그건 그러네."

새론은 수많은 사건을 한다. 다른 로펌들처럼 큰 거 한 방을 노리는 대신에 수많은 사건들을 노형진이 만든 변론 시스템에 맞춰서 변론을 진행함으로써 엄청난 수의 사건들을 해결하고 있다. 그리고 그 덕분에 폭 넓은 지지를 받고 있다.

"그래서 그들이 필요한 겁니다. 그들은 거짓말을 알아차릴 수 있지요."

"음?"

"제가 했던 말 기억하십니까? 모든 사람은 거짓말을 한다. 심지어 의뢰인조차도."

"거짓말이라."

송정한은 노형진의 뭘 말하는지 알 것 같았다.

수많은 사람들이 거짓말한다. 그리고 그건 의뢰인도 마찬가지다.

자신에게 불리한 것은 감추고 유리한 것만 이야기하려고 하는 게 인간이다. 얼마 전에 끝난 노형진의 개인 사건인 부녀회 사건만 봐도 의뢰받았던 변호사는 그게 조직 폭력 사건인지 몰랐다.

"하지만 그것만 알아도 우리는 엄청난 이득입니다."

"그렇겠군…… 최소한 그런 거짓말로 시간을 버리지는 않을 테니까."

그런 거짓말은 나중에 문제를 일으킨다. 재판을 시작하고 나서 밝혀지면서 꼭 시간을 다시 들여서 방어 전략을 수정해야 한다. 그렇게 되면 시간은 배로 들어간다.

'뭐, 진짜 거짓말 전문가를 데리고 오면 좋겠지만.'

하지만 애석하게도 한국은 그런 게 없다. 그나마 이제야 프로파일러들이 나오는 시점이다. 다행인 것은 프로파일러들이 어느 정도 그런 거짓말을 알아차린다는 것.

"그리고 그들이 있으면 사건을 접수할 때에도 상당한 이득을 얻을 수 있습니다."

"이득?"

"변호사의 꿈이 뭡니까?"

"변호사의 꿈?"

"네."

"그거야 다 다르지 않나?"

"하지만 변호사의 궁극적인 목적은 선량한 사람을 보호하는 것 아닌가요?"

"그렇지."

그러나 범죄자들이 거짓말하면서 죄에서 벗어나는 데에 도움을 주는 게 현실이다.

"하지만 여기에 프로파일러들이 있다면 진짜 범죄자들이 여기 오고 싶어 하겠습니까?"

"아!"

수많은 범죄자들이 거짓말로 처벌을 면하려고 한다. 하지만 여기에 프로파일러가 있다면 그게 불가능해진다.

물론 무조건 맞는 건 아니지만 그래도 큰 부담이 될 것이다. 이를 반대로 말하면 억울한 사람들은 자신의 억울함을 벗기 위해 프로파일러가 있는 이곳에 오려고 한다는 것이다.

"변호사들의 근본적인 목적에 더 가까워지겠군."

"네."

진정으로 선량한 사람들을 변호하는 것. 그것이 변호사들의 근본적인 목적이다.

"그리고 가끔은 다른 변호사 사무실에서 돈을 주고 그들을 파견해 달라고 할 수도 있고요."

"그렇겠지."

수많은 사건들이 있다. 하나 변호사들은 사건에 전문가지, 사람에 대한 전문가는 아니다.

즉, 그들도 승리를 위해서는 사람을 볼 줄 아는 누군가가 필요하다는 뜻이다. 무엇보다 파견 비용도 적지 않을 것이다.

"하지만 그런 사람들을 어디서 구한단 말인가?"

"제가 아는 사람이 있습니다."

"아는 사람?"

"네, 저한테 일임해 주십시오. 사건이 급한 만큼 제가 최대한 빨리 설득하겠습니다."

그 말에 송정한은 고개를 끄덕거렸다.

⚖

"김소라! 빨리 일 안 해!"

안에서 터져 나오는 말에 소라는 입을 삐쭉 내밀었다. 그러고는 툴툴거리면서 안으로 서류를 들고 복사기로 다가갔다.

"장난하나? 내가 지금 서류 복사하려고 여기에 온 줄 아나. 자기들이 잘나 봤자 얼마나 잘났다고."

김소라는 프로파일러이다. 아니, 프로파일러라고 생각했다. 하지만 그가 하는 일은 사무실 잡부가 하는 것이었다.

"내가 미쳤지. 내가 왜 이런 곳에 와서는."

그녀는 툴툴거렸다. 미국 드라마 중에는 프로파일러에 관련된 드라마가 있다. 그곳에서 나오는 프로파일러의 세계는 화려하고 철학적이며 고뇌와 사람에 대한 철학이 넘쳤다.

하지만 현실은 달랐다. 기존에 있던 프로파일러의 텃세와 경찰서 내부에서조차 왕따를 당하는 신세. 그리고 까칠한 선배들 때문에 그녀 같은 신입은 할 일이 없었다.

"돌겠네, 진짜."

프로파일러는 평등해 보이지만 실상은 그렇지 못했다. 경찰이라는 세계에서 윗 계급은 남자였고 아랫 계급은 여자였다. 더군다나 몇 번 자신이 맞히고 선배들이 틀리자 대놓고 자신을 경계하는 게 심해졌다.

'이럴 거면 차라리 뽑질 말던가.'

프로파일러들의 세계에는 여자들이 많다. 좀 더 섬세한 면이 있기 때문이다. 그렇지만 여성 프로파일러에 대한 대우는 시궁창일 뿐이었다.

"야! 서류 안 가져와!"

"네네, 가져갑니다!"

그녀는 신경질적으로 복사 버튼을 누르면서 이를 악물었다.

"아오, 진짜."

힘들게 프로파일러가 되었다. 그런데 정작 경찰서 말고는 갈 데가 없다 보니 그만둘 수도 없는 처지. 그러나 프로파일러라 해도 일반 경찰에 준하기 때문에 박봉이다.

"내가 언젠가 그만둔다."

그녀가 그렇게 이를 악물면서 이야기하는 그때였다.

"지금 그만두는 건 어떠신지요?"

"깜짝이야!"

갑자기 나타난 한 남자. 김소라는 깜짝 놀라서 그를 바라보았다.

"누구세요?"

"반갑습니다. 법무 법인 새론의 노형진이라고 합니다."

"네?"

뜬금없이 법무 법인에서 왔다는 사실에 그녀는 깜짝 놀랐다.

"근데 왜 오신 거예요?"

"김소라 양을 스카우트하려고 왔지요."

"스카우트?"

"네."

너무나 뜬금없는 말이라서 그녀는 당황했다. 하지만 시간이 없었던 노형진은 말을 멈추지 않았다.

"연봉 8천부터 시작하죠. 사무실을 따로 드리고 팀도 짜 드릴 겁니다. 차량도 지원해 드립니다."

"네?"

갑작스러운 노형진의 제안에 김소라는 어리둥절했다. 보자마자 자신에게 무슨 소리란 말인가?

"그리고 상담 치료비를 지원해 드리지요."

"상담 치료비라니요?"

"프로파일러의 세계가 웃으면서 할 수 있는 일은 아니잖습니까?"

"……."

그 말에 그녀는 입을 다물었다.

선배들이 저렇게 까다롭고 예민하고 신경질적인 게 남자라서 그런 걸까?

아니다. 여자 선배들조차 그렇다.

이유는 간단하다.

프로파일을 한다는 것. 그것은 범죄자의 내면에 들어갔다 나와야 한다는 뜻이다. 이는 즉, 스스로 연쇄 살인범이나 연쇄 강간범이 되어 생각해야 한다는 뜻이기도 하다.

그게 정상적인 생각일 리 없다. 당연히 그들의 세계는 비틀어져 있다. 그리고 그 안에 한번 들어갔다 오면 정신적으로 황폐해진다.

"그게 가장 급한 거 아닌가요?"

"그걸 어떻게……."

하지만 경찰, 아니 정부는 그걸 인정하지 않는다. 그래서 프로파일러들은 박봉으로 비싼 상담비까지 내야 한다. 화려해 보일지언정 그 내면은 곪아 가는 것이다. 그러니 사람이 저렇게 날카로워질 수밖에 없다.

"사건이 급하니 빨리 결정해 주셨으면 합니다. 유괴 사건입니다. 해당 지역 경찰은 프로파일러를 부르는 걸 거부했구요."

"아⋯⋯."

경찰들, 특히 일선에서 일하는 경찰들은 프로파일러들을 싫어한다. 그건 널리 알려진 사실이다.

"가능하면 빨리 결정해서 연락해 주시기 바랍니다."

노형진은 그녀에게 자신의 명함을 내밀었다.

"늦어도 오늘 밤까지는 주십시오."

"잠시만요!"

"전 바빠서 이만."

노형진이 멀어지자 다급하게 부르는 김소라. 하지만 노형진은 바로 그곳을 나왔다. 다른 곳에 가서 다른 사람을 만나야 하기 때문이다.

한국의 프로파일러는 2000년대부터 운영되고 있다. 하지만 대부분 부실하게 운영되고 있는 게 현실이다. 박봉에 제대로 치료도 받지 못하고 일종의 왕따 비슷한 취급까지 겪는다.

'그러다 보니 내부에 있는 사람들이 많이 힘들어 하지.'

특히 여자들은 더 힘들어 한다. 아직까지 경찰 내부에 남아 있는 여자에 대한 편견 때문이다.

'누구 한 명만 걸렸으면 좋겠는데.'

노형진은 지금 돌아다니면서 알고 있는 유명한 프로파일러들을 설득하는 중이었다.

김소라의 경우는 재능이 있지만 내부 권력 때문에 선배들이 나갈 때까지 꽃을 피우지 못한 타입이었다. 하지만 그 재능 자체는 노형진이 놀랄 만큼 날카로웠다. 그리고 그녀 외에도 재능 넘치는 사람들은 많았다.

'다만 스카우트할 시간이 부족하다는 게 문제지.'

사정을 설명하고 스카우트 하고 데려가기에는 아이의 목숨이 너무 위험했다.

'누구 하나 걸려라. 아니, 누구 하나만 와 줬으면 좋겠다.'

노형진은 걱정스럽게 중얼거리면서 창 바깥을 뚫어지게 바라보았다.

⚖

"김소라예요."

노형진의 앞에 나타난 유일한 프로파일러.

노형진은 그걸 보고 씁쓸하게 웃었다.

'하긴…… 급하기는 했지.'

뜬금없이 나타나서 사정을 설명하고 명함 하나 던져 두고 나왔으니 얼마나 왔겠는가? 도리어 와 준 게 신기할 정도였다.

"상황을 보아하니 고용 목적은 있는데 사건이 우선인 것 같네요."

"어떻게 아셨습니까?"

"변호사님의 사건을 설명하셨고 그 후에 바로 가셨죠. 그건 다른 곳에서 다른 사람을 만나야 한다는 것인데 절 만나러 와서 그런 식으로 설명하고 바로 가야 한다는 것은 그 상대방도 프로파일러일 가능성이 높다는 뜻이죠. 급하게 사람을 구하는 중이니까요."

"헐?"

송정한은 단순히 그걸 가지고 판단하는 그녀의 모습에 깜짝 놀랐다.

"홈즈인가?"

"뭐, 그것도 프로파일러의 한 계통이라고 할 수 있겠네요. 일단 들어가시죠. 저도 휴가를 내서 온 거라서 시간을 많이 내지는 못해요."

김소라의 말에 노형진은 바로 그녀를 안으로 들여보냈다.

피해자의 집 안에는 피해자인 노인과 둘째 아들 내외, 경찰이 있었다.

"아무나 못 들어옵니다. 여기 수사 중입니다."

경찰은 노형진과 김소라를 막아섰다.

"이분은 새론의 변호사님입니다. 다른 분은 프로파일러구요."

"프로파일러?"

프로파일러라는 말에 얼굴을 찡그리는 경찰.

"말장난할 시간 없는데요?"

그의 말에 김소라는 무덤덤하게 그를 바라볼 뿐이었다. 지금까지 그런 그들의 행동을 본 게 한두 번이 아닌 탓이다.

"말장난은 당신 애인한테 하시죠. 아, 와이프한테는 걸리지 마시구요."

"뭐, 뭣?"

"그런데 애인한테 와이프를 걸리지 않는 게 우선일 듯싶네요. 그리고 경찰이 혼인 빙자로 잡혀가면 위에서 좋아하지 않을 텐데요?"

그 말에 사색이 된 경찰. 노형진은 그런 그녀의 말에 실소를 흘렸다.

"어…… 어떻게……?"

멍한 경찰을 스치고 지나가는 김소라. 그리고 실실 웃는 노형진. 그런 노형진을 보면서 잠시 고개를 갸웃하던 김소라는 고개를 끄덕거렸다.

"프로파일러 교육을 받으셨군요."

"네, 어느 정도는요. 다만 현장에는 못 가서요."

노형진도 변호사라는 특성상 현장 교육은 받지 못했지만 미국에서 전문적으로 교육받긴 했다. 그리고 거기서 재능이 있다는 소리는 들었다.

"아니, 이게 무슨 소리야? 무슨 이야기를 하는 거야?"

다만 송정한은 이 상황을 이해하지 못하고 노형진에게 되물었다. 경찰이 공격당한 것도 이해하지 못하겠는데 난데없이 노형진이 프로파일러 교육을 받다니?

"저 경찰, 왼손가락의 반지 위치가 다르더군요."

"응?"

"결혼반지 말입니다. 보시면 태양에 그을려서 피부색이 변했는데 반지가 있는 데만 안 변한 자국이 있지요?"

"그런데?"

"그건 저 사람이 장시간 반지를 끼지 않고 있다가 끼었다는 뜻입니다. 일반적으로 결혼반지는 자주 빼지 않으니까 저렇게 오래 뺀다는 건 누군가에게 반지가 걸리면 안 된다는 거지요. 그건 누굴까요? 보아하니 그을린 정도로 봐서는 일하다가 그을린 게 아닙니다. 그리고 얼마 전에 휴가철이었죠. 바다에서 놀면 저 정도 그을리지요. 즉, 반지를 빼고 누군가와 바다에서 놀았다는 뜻입니다."

"헐?"

송정한은 그제야 이해가 갔다. 반지 위치가 바뀌었다는 것만으로 내연녀가 있다는 걸 알아차리다니.

"근데 내연녀가 결혼한 사람이 아니라고 생각한다는 건 무슨 소리야?"

"내연녀가 저 경찰이 결혼한 사람이라는 걸 안다면 굳이 반지를 뺄 이유가 없지요."

"그럼 자네한테 교육받았다고 물어본 건?"

"방금 송정한 대표님처럼 물어보지 않았으니까요. 이런 걸 보면 일단은 궁금해서 물어보는 게 인간입니다. 그런데 물어보지 않았다는 것은 그 이유를 이미 알고 있다는 뜻이거든요. 일반적으로 보이는 것이 아닌 만큼 프로파일러 교육을 받았을 가능성이 높지요."

"헐."

송정한은 놀라서 입이 떡 벌어졌다. 그 짧은 순간 자신도 모르는 게 벌써 여러 개가 나온 것이다.

"자네, 프로파일러 교육을 받았나? 그러면 고용할 필요가 없잖아?"

"전 그냥 개인적인 공부를 한 수준입니다. 현장 경험이 없어서 안 됩니다."

그렇게 둘러댔지만 사실 개인적으로 공부한 것이 아니라 제대로 교육받았다. 다만 그가 배운 것이 미국식 프로파일링이라는 것이 문제다.

프로파일러의 해석 방식은 그 문화의 영향을 많이 받는데 한국과 미국은 문화가 매우 다르다. 당연히 미국식의 교육을 받은 노형진의 프로파일링을 도입하기에는 한국에서는 위험한 모험일 수밖에 없다.

"전화 온 게 있나요?"

"네, 있습니다. 제발…… 제 손자 좀 찾아 주십시오."

그 장면을 보고 있던 정태성은 눈물을 뚝뚝 흘리면서 김소라의 손을 꼭 잡았다.

"최선을 다해서 구해 드릴게요."

"감사합니다. 감사합니다."

노형진은 그걸 보면서 가슴이 찡했다.

'그래, 이게 정상이지.'

저들이 원하는 건 최선을 다한다는 말 한마디다. 아이가 죽었을 가능성이 높다는 변명 아닌 변명보다는 말이다.

"틀어 주십시오."

"크흠."

"거절하시는 건가요?"

경찰은 불만스러운 얼굴이 되었지만 방금 동료가 당하는 것을 봤기 때문인지 별말 하지 않고 녹음된 내역을 들려줬다.

─내가 요구하는 돈은 2억이다. 사흘 후까지 현금으로 2억을 준비해서 사과 상자에 넣어서 우리가 지정한 장소에 가져다 두면 된다. 장소는 나중에 알려 주겠다.

아주 짧게 할 말만 하고 끊어지는 전화.

"경찰이 끼어들 걸 알고 있군요."

단 한 번 듣고는 김소라가 하는 말에 경찰이 얼굴을 찡그렸다.

"장난해요? 우리는 비밀리에 움직였습니다. 주변에서 경찰이 온 것도 몰라요."

"장난하지 않습니다. 다시 재생하세요."

"뭐요?"

"부탁대로 해 주시죠."

노형진은 경찰에게 정중하게 이야기했고 경찰은 불만으로 가득한 얼굴로 다시 그걸 재생했다.

그렇게 몇 번 듣던 김소라는 노형진을 바라보았다.

"어떻게 생각하세요?"

"저야 뭐……."

"원래 프로파일링은 의견을 주고받으면서 완성하는 거예요. 여기 팀이 없으니 노 변호사님이 조금 도와주셔야합니다."

"음……."

그 말에 노형진은 잠시 생각에 잠겼다. 그러고는 조용히 입을 열었다.

"이건 단독 범죄는 아니군요."

"어째서 그렇게 생각하시죠?"

"상자를 사과 상자로 이야기했으니까요. 그건 혼자서 들고 도망가기에는 좀 부피가 있거든요. '내가'라고 표현하기는 했지만 그걸 혼자 들고 도망치기는 힘듭니다. 결국 우리가 놓게 될 장소는 차로 접근할 수 있는 장소이겠네요. 운전자가 내려서 짐을 싣는다고 보기는 힘드니까 최소한 운전자 한 명, 짐을 실을 한두 명은 필요하니까요."

노형진의 말에 김소라는 미소를 지었다. 마치 잘했다는 말을 하는 유치원 선생님 같은 표정이었다.

"날카로우시네요."

"별말씀을. 때려잡기죠. 그러는 소라 씨는 어떻게 생각하십니까?"

그 말에 김소라는 잠시 침묵을 지키면서 머릿속으로 생각을 정리했다.

이런 프로파일링은 통계학이다. 결국 그 통계에서 결과가 도출된다. 물론 아예 뜬금없는 사람이라서 틀리는 경우도 있기는 하지만 그 확률적인 수를 줄여 주는 것은 사실이다.

"제 생각에는 이 사건은 할아버님의 문제보다는 둘째 아드님과 관련된 사건일 겁니다."

"네?"

"그게 무슨 소리예요? 우리와 관련된 사건이라니?"

정태성의 둘째 아들 정만욱은 깜짝 놀랐다. 자신의 아버지는 엄청난 부자다. 당연히 아버지의 재산을 노리고 움직인 사건이라 생각했다. 그런데 자신을 노린 사건이라니?

"장난해요? 이거 할아버지 재산을 노린 사건이에요. 거의 범인도 뻔하구만."

"뻔하다고요?"

"뻔한 거 아니요? 할아버지 재산을 노리고 달려든 그 아들하고 딸들 중에 있는 거겠지. 쫓겨나고 돈도 떨어지니까 돈독이 올라서 그러는 거요."

경찰은 마치 다 잡았다는 듯 말했다.

"이미 그 사람들한테 경찰이 붙어서 감시 중이니까 금방 아이를 찾을 거요."

"그건 왜 우리한테 말해 주지 않았어요!"

"뭐, 일단 아이를 찾은 게 아니니까요. 그래도 금방 찾을 겁니다."

경찰은 자신의 말이 맞다며 자랑스럽게 이야기했다. 하지만 노형진이 보기에는 완전히 엉뚱한 곳을 뒤지는 느낌이었다.

'바보냐?'

이런 상황에서 그런 일이 벌어진다면 당연히 두 딸과 첫째 아들이 의심받을 수밖에 없다. 그런데 그들이 납치하겠는가?

"엉뚱한 데를 찾고 있군요."

"엉뚱한 데?"

"네, 그들은 범인이 아닙니다."

"아니, 당신이 뭘 안다고?"

"간단해요. 이 사건은 금액이 작으니까요."

"2억이 작다고?"

장난하느냐는 얼굴로 바라보는 경찰. 하나 노형진은 그 부분에서 대번에 이해가 가는 얼굴이 되었다.

"그렇군요. 생각보다 작아요. 그 부분을 놓쳤군요."

"뭔 개소리들이에요?"

"고작 2억입니다."

"고작? 이 사람들이 장난하나?"

경찰이 아무래도 이해하지 못하겠다는 표정을 짓자 노형진은 그에게 자신이 깨달은 점을 자세하게 이야기하기 시작했다.

"정태성 씨는 부자입니다. 원한다면 10억쯤은 우습게 꺼낼 수 있지요. 아마 최대로 한다면 하루 안에 100억 이상의 현금을 동원할 수 있는 분입니다. 그리고 두 딸과 첫째 아들은 그걸 알고 있지요. 그렇다면 그들이 2억만 요구하지는 않을 겁니다."

"뭐, 양심에 찔리니까 그런 거겠지."

'애를 유괴하는 녀석이 무슨 양심이 있어?'

노형진은 경찰의 말에 속이 참 답답했다.

"맞아요. 제가 할아버지의 재산에 대해서 잘 알지는 못하지만 이 집의 상태나 규모 위치로 보면 부자인 건 어렵지 않게 알 수 있죠. 그런 상대방에게 2억은 너무 작아요. 그렇다면 원래 이 집에 살지 않던 누군가를 노린 거죠. 둘째 아드님이신 정만욱 씨가 오신 지 얼마 안 되셨다고요?"

"네."

"그럼 그 사람은 아드님에 대해 잘 아는 사람일 겁니다. 만일 아드님이 현금을 동원한다면 얼마까지 가능하겠어요?"

"어…… 그러니까 대출을 끼고 이것저것 하면 한…… 2억?"

말하던 정만욱은 움찔했다. 생각지도 못한 부분이었기 때문이다.

2억. 자신이 동원할 수 있는 최대한의 금액.

"더군다나 사과 상자에는 3억이 들어갑니다. 기왕 받으려면 차라리 3억을 꽉 채워서 받는 게 사람이에요. 그런데 2억을 요구했다는 것은 상대방이 아드님이 3억을 동원할 능력이 되지 않는다는 걸 알고 있다는 뜻이지요."

"크흠."

노형진과 김소라의 날카로운 지적에 경찰은 헛기침했다. 생각해 보니 상당히 날카로운 지적이었던 것이다.

"뭐, 개인 취향이라는 것도 있고……."

"이건 두 명 이상의 멤버들이 움직이는 납치 사건입니다. 그런데 무슨 취향을 따집니까?"

노형진은 한심하다는 듯 경찰을 바라보았다.

"……."

"그리고 기한인 사흘도 걸려요. 보통 범인들은 스물네 시간을 줍니다. 짧으면 열두 시간을 주기도 하죠. 그런데 기한이 사흘이라는 건 기존 사건들에 비하면 터무니없이 길어요."

'확실히 그렇군.'

노형진은 그 말을 듣고 그 부분이 이상하다는 사실을 알아차렸다.

미국에 있을 때 유괴 사건이 터지면 최대 서른여섯 시간을 기준으로 잡는다. 그 이상의 시간이 지나면 아이들의 생존 가능성이 확 줄어들기 때문이다.

그래서 납치하고 최소 열두 시간 내에 금전을 요구하면서 기한은 스물네 시간을 준다. 즉, 서른여섯 시간이 골든타임인 것이다. 그런데 사흘이라니.

"단순히 돈을 확실하게 받아 내려고 하는 건 아니에요. 그런 것치고는 처음부터 시간이 너무 길어요."

김소라는 한참 팔짱을 끼고는 생각에 빠졌다. 노형진 역시 그녀가 생각하는 게 뭔지 알 것 같았다.

"결국 이건 면식범의 소행일 가능성이 높군요."

"네?"

"뭐라고요?"

변식범이라는 말에 당연하다는 표정을 짓는 경찰.

"그러니까 두 딸이나 큰 아들이라는 소리 아닙니까?"

"아니에요. 그러기에는 돈 금액이 너무 적어요."

2억을 세 명이서 나누면 잘해 봐야 7천 조금 안 된다. 돈 욕심 때문에 아버지를 감옥에 넣었던 녀석들이 과연 그 돈으로 만족할까? 그럴 리 없다.

"이 사건은 분명 둘째 아드님과 아는 사이이고 또한 아이에 대해서도 알고 있는 사이일 겁니다. 시간을 넉넉하게 줬다는 건 아이에 대해 죄책감을 느끼고 있다는 뜻이니까요."

"그래서 누군데요? 아주 무당 하겠네, 무당 하겠어."

경찰의 깐죽거림. 하지만 노형진은 그 깐죽거림에 신경 쓰지 않았다. 아니, 그럴 수가 없었다. 그녀가 말한 게 사실이라면 좋은 일이 아니기 때문이다.

"좋은 일은 아니군요."

"네, 다급해졌네요."

"왜 그런가? 사흘이나 줬으면 시간이 넉넉한 거 아닌가?"

송정한은 고개를 갸웃했다. 하지만 노형진은 상당히 곤란한 얼굴이 되었다.

"사흘이나 줬다는 건 양심의 가책을 느끼고 있다는 뜻입니다. 그렇다는 건 아이를 잘 알고 있을 가능성이 높다는 것이지요. 반대로 말하면 아이가 그 범인이 누군지 알 거라는 뜻도 됩니다."

그 말에 송정한의 얼굴이 딱딱하게 굳었다.

"설마?"

"네, 아이가 상대방이 누군지 안다면 그런 작자들이 선택할 수 있는 카드가 얼마 남지 않았다는 뜻이지요."

아이가 그 상대방이 누군지 알고 있다는 건 아이를 풀어주는 순간 범인이 잡힌다는 뜻이 된다.

털썩.

그 말에 주저앉는 정만욱.

"여보!"

"아비야!"

패닉에 빠진 사람들을 본 노형진은 일단 수사의 방향을 돌리려 했다.

"일단 다른 쪽으로 수사해 주십시오. 아드님에게 원한을 가지고 있다거나 아드님을 해칠 만한 이유로요."

"거, 안 그래도 된다니까요."

"네?"

"우리가 거의 다 잡았다니까요."

"그게 무슨 소리입니까?"

"말 그대로예요. 우리가 다 잡았으니까 걱정하지 말라는 소리입니다."

그 말에 김소라의 얼굴이 딱딱해졌다.

"그럴 겁니까?"

"당신 같은 아마추어들이 할 게 아니라니까요."

노형진을 바라보면서 빙글거리는 경찰.

그 얼굴을 보고 발끈하려는 송정한을 노형진이 말렸다.

"진정하세요. 예상했던 일입니다."

"뭐라고?"

"프로파일러에게는 지휘권이 없으니까요."

"그게 무슨 소리야?"

노형진의 말에 김소라는 송정한에게 상황을 설명했다.

"말 그대로예요. 프로파일러에게는 지휘권이 없어요. 그냥 조언자일 뿐이지요. 그러니 우리가 조언해 줘도 저들이 들어 주지 않으면 어쩔 수가 없는 거죠."

"그게 말이 됩니까?"

송정한이 화냈지만 사실 이런 문제는 한국만의 문제가 아니다. 미국 역시 일부 지역의 경찰은 여전히 프로파일러들을 믿지 못한다. 아니, 믿지 않으려고 한다.

'그럼 양쪽으로 수사하면 좋은데.'

노형진 역시 그들이 무조건 맞는다고는 말하지 않는다. 하지만 최소한 가능성은 있다.

"최소한의 숫자라도 지원해 주면 안 되겠습니까?"

노형진은 그 정도는 들어줄 거라 생각했다. 하지만 경찰은 단호했다.

"그런 말도 안 되는 말장난 때문에 시간 낭비할 생각 없소. 우리 경찰이 노는 것도 아니고 뻔한 사건을 뭐 그리 빙빙 돌아가는지."

"이봐요!"

결국 노형진이 화내려고 하는 찰나였다.

"과장님."

"응?"

"드디어 잡았답니다. 세 명이서 모여서 음모를 짜는 것을 발견하고 바로 잡아들였답니다."

"옳거니! 결국 범인들은 모이는 법이지. 그거 봐요. 내가 분명히 그 녀석들이 범인이라고 말했지요. 하하하!"

마치 그들이 죄를 자백이라도 한 듯 웃는 그는 누가 봐도 도와줄 의사가 없어 보였다.

"자자, 바로 철수 준비하고."

"잠깐만요! 철수라니요? 아직 범인도 잡히지 않았다는데."

"방금 보고 못 들었어요? 잡았다잖아요."

물론 그들을 두 딸과 첫째 아들은 잡아넣었다. 하지만 그들이 죄를 저질렀다고 인정한 것은 아니다. 그런데 벌써 철수 준비를 하는 경찰을 보면서 노형진은 이들이 아예 아이의 생사에는 관심이 없다는 사실을 알아차렸다.

'큰일이다.'

언론에 새어 나간 사건이었다면 아마 눈물을 흘리면서 별의별 가식을 다 보여 주겠지만 저들에게 이 사건은 그저 퇴근을 미루는 잔업일 뿐이었다.

'망할. 하필 걸려도.'

물론 제대로 된 경찰이 훨씬 많다. 문제는 그런 경찰이 걸리지 않고 엉뚱한 사람이 걸리면 이런 식으로 사건이 꼬인다는 것이다.

실제로도 경찰서에 사건을 접수하러 가면 별의별 핑계를 대면서 일하지 않으려고 하는 경찰들이 수두룩하다. 대부분의 사람들이 모를 뿐이다.

"진짜 이럴 겁니까?"

"뭘요?"

"아직 범인 못 잡았습니다."

"기다려요. 그 녀석들이 조만간 자백할 테니까."

웃으면서 나가는 경찰을 보면서 노형진은 고개를 흔들면서 김소라를 바라보았다. 그녀마저 가 버리면 대책이 안 서기 때문이다. 그런데 의외로 김소라는 담담한 얼굴이었다.

"안 가세요?"

"전 저 사람들이 부른 것도 아닙니다. 그리고 저런 모습을 어디 한두 번 봤어야지요."

김소라 역시 그다지 기대하지 않는다는 듯 그들이 나간 소파에 자리를 잡고 앉았다.

"일단 그럼 우리가 다시 시작해야겠네요."

"변호사가 수사하지는 않는데."

하지만 아이의 목숨이 걸려 있으니 하지 않을 수도 없는 노릇.

'그래, 일단은 아이를 구하는 게 우선이니까.'

나중에 경찰한테서 한 소리 들으면 그만이다.

"그러면 일단 원한을 가진 사람부터 생각해 보죠."

"원한요? 하지만 전 직장인일 뿐인데."

"원한은 사소한 것부터 나오는 경우도 있어요. 그러니까 아무리 사소해도 짚고 넘어가야 합니다. 그리고 딱 맞춰서 2억을 요구했다는 건 두 분을 알고 있다는 뜻입니다. 그러니까 원한이 있는 쪽을 생각해 보세요."

노형진은 그들을 진정시키고는 천천히 그들의 기억을 더듬었다. 하지만 딱 봐도 그들은 그다지 원한을 가질 만한 사람은 아니었다.

아내는 가정주부이고 정만욱은 외국계 기업에서 근무하는 직장인일 뿐이다. 그나마도 얼마 전까지만 해도 한국이 아닌 본사가 있는 미국 쪽에서 생활하다가 왔다.

"추가적인 정보는 없나요?"

김소라는 혹시나 하는 마음에 물었지만 그 가족들은 고개를 흔들 뿐이었다. 하긴 그런 정보가 있었다면 경찰이 벌써 잡았을 것이다.

'도대체 누구일까? 어째서 원한을 가지고 이들에게 접근한 걸까?'

도무지 실마리라고는 보이지 않는 상황.

문득 노형진은 한 가지 가능성을 생각해 냈다. 그가 한국에 들어와서 원한이 생긴 게 아니라 원한을 가진 사람이 한국에 들어와 있던 거라면? 원한 자체는 미국에서 생긴 거라면?

"혹시 미국에 살 때 원한을 살 만한 일이 있었습니까?"

"미국요?"

"네."

그 말에 거북한 얼굴이 되는 정만욱.

노형진은 직감적으로 그가 뭔가를 깨달았다는 것을 알아차렸다. 한국에 없다면 미국이다.

"하지만 미국 회사에서 있었던 일인데 설마 그걸로 한국까지……."

"그 외국계 기업에 한국인이 많았나요?"

"아무래도 글로벌 기업이니까 사람이야……."

말을 하다가 흐리는 그를 보면서 그 일이 뭐든지 간에 가능성이 제일 높다는 사실을 알아차렸다.

"무슨 일인가요?"

정만욱은 잠시 고민하는 듯하더니 힘겹게 입을 열었다.

"사실은 미국에 있을 때 제가 정리 해고에 관여한 적이 있었습니다."

"정리 해고요?"

"네."

정리 해고란 말 그대로 회사에서 인원을 감축하기 위해 일부의 사람들을 해고하는 것을 말한다. 그리고 그것은 해고당한 사람들에게는 상당히 큰 충격을 주며 원한을 가질 만한 충분한 이유가 된다.

"한국 사람도 포함되었나요?"

"당연히…… 그렇지요. 사실…… 가장 많은 게 한국 사람이었습니다."

글로벌 기업인 만큼 여러 민족과 인종이 있다. 하지만 가장 해고하기 좋은 사람은 한국 사람이다.

중국인들은 자기들끼리 똘똘 뭉쳐서 덤벼들고 일본인들은 소송도 불사한다. 미국인들은 자국 내에서 해고하는 것을 무척이나 까다롭게 해 놨다. 결국 해고해도 저항이 덜한 쪽을 더 많이 자르기 마련이다.

"그래서 그때 한국 사람들 중에서 많은 수가 잘렸습니다."

"당신은요?"

"전…… 미국 영주권이 있어서."

부끄러움 때문인지, 아니면 후회 때문인지 얼굴이 확 붉어지는 정만욱.

"그래서 그때 원한을 가진 사람이 얼마나 되죠?"

"모…… 모르겠습니다. 제 손에 잘려 나간 한국 사람만 해도 여든 명이 넘습니다."

얼굴을 부여잡고 절망하는 그였다. 하지만 노형진은 그런 그를 진정시키면서 기억을 더듬게 했다. 힘든 일이지만 기억해 내야 한다.

"그중에서도 친한 사람을 찾아야 합니다."

"친한 사람요?"

"네, 지금 범인은 당신이 동원할 수 있는 자금까지 알고 있습니다. 그리고 강제로 끌고 갔다면 아이가 저항했을 겁니다. 그런데 그런 신고는 없었어요. 아이의 학교에서 여기에 오는 길에 가게가 많은 걸 생각하면 아이는 상대방에 대해 알고 있을 가능성이 높습니다."

"그런 사람이 너무 많아서……."

그래도 한국인이라고 어울리기도 했고 집에 초대하기도 했다. 그러니 자신에 대해 아는 사람이 제법 많았다.

그렇게 도무지 감을 잡지 못하는 상황에서 길을 열어 준 것은 김소라였다.

"그 사람은 40대 후반 이상일 겁니다. 아마도 적응이 좀 느린 편일 테고 사람들과 거리를 두려는 습성이 있을 겁니다. 자신의 과거에 잘나갔다고 이야기하면서도 정작 현실에서는 주변에 대해 불만이 많았을 거구요. 그리고 한국 이야기를 자주 했을 겁니다."

"네?"

그 말에 뭔가 기억나는 듯 고개를 드는 정만욱.

"기억나는 사람이 있습니까?"

"하…… 한 명! 한 명 있습니다! 조승덕이라고 저보다 먼저 들어온 선배가 한 명 있었습니다."

정만욱의 말에 따르면 조승덕은 한국에서 어떻게 들어온 사람이라고 한다. 한국에서는 잘나갔다고 입버릇처럼 말했는데 정작 그의 능력이 뛰어난 것은 아니었다.

과거에는 여러 가지 광고를 성공적으로 만들어서 홍보부 쪽에 있었지만 시대가 바뀌었는데도 여전히 인터넷이나 기타 매체에 관심 없이 오래된 광고 전략만을 들고 왔다고 한다. 당연히 그런 방식이 현대에서 먹힐 리 없었다.

그리고 결정적으로 자신이 한국에 가면 모셔 갈 곳이 줄을 섰다면서 언제나 고개를 뻣뻣하게 들고 다녔다고 한다.

"그 사람이군요."

"그런 사람이 있는지 어떻게 알았습니까?"

"회사적 업무로 인해 원한을 가진 사람들의 대부분의 성향입니다."

30대는 잘렸어도 다른 회사를 구하면 된다는 생각을 하기 마련이다. 사회적으로 잘 어울리고 성격이 좋은 사람들은 자신을 해직시킨 것이 원한 때문이 아닌 그저 일의 연장선이라는 것을 알기에 섭섭해할지언정 원한까지 가지지는 않는다.

"하지만 40대가 넘어가면 그러지 못하지요."

적응은 힘들어지고 아래에서는 치고 올라오며 이직은 쉽지 않다. 하나 한때 성공한 사람인 만큼 자신이 최고라고 생각해서 자신을 자른 것을 인정하지 못하는 성향이 강하다.

"그리고 한국으로 돌아왔으니까요."

미국으로 취업하러 나간 많은 사람들이 한국으로 가능한 한 돌아오지 않으려고 한다. 연봉도, 근무 조건도 그쪽이 더 좋기 때문이다. 그런 상황에서 한국으로 들어온다는 건 한국에 오면 자신은 성공할 수 있다는 자신감이 있을 가능성이 높거나 자신을 받아 줄 곳이 없기 때문일 수도 있다. 물론 둘다일 수도 있다.

"그런 사람들은 자신이 한국에 있을 때를 자랑할 수밖에요. 그곳에서 있던 일을 증명할 수는 없거든요."

"아!"

결국 그로서는 한국으로 도망치듯 올 수밖에 없었던 상황인 것이다.

"그 사람에 대해서 아시는 거 있습니까?"

"전 그 사람에 대해서는 잘 모릅니다. 다만 소식은 들었습니다."

나가는 순간까지 행패를 부리면서 자신을 자른 이 회사에 복수하겠다면서 소리를 질렀다고 한다. 퇴직 후에도 몇 번이나 와서 행패를 부려서 경찰에 잡혀가기도 했다고 했다. 심지어 회사를 상대로 복직 소송까지 했다고 한다.

"그때일 가능성이 높군요."

복직 소송을 했다면 담당했던 직원의 이름을 알게 되었을 것이다. 그리고 그걸 알게 된 상황에서 그 사람이 자신이 알던 사람이라면 더욱 분노했을 것이다.

"그가 당신에 대해 잘 압니까?"

"네⋯⋯."

정만욱은 머리를 부여잡으면서 자책했다.

그럴 수밖에 없다. 자신에 대해 잘 알게 된 것은 자신이 그를 잘 대해 줬기 때문이다.

"그냥⋯⋯ 제대로 친구도 없이 왕따 같은 걸 당하는 걸 보고 불쌍하다는 생각에 잘 대해 줬는데⋯⋯."

'쩝⋯⋯ 은혜를 원수로 갚는군.'

이런 놈들의 행동은 언제나 비슷하다. 자신의 잘못은 생각하지 않고 오로지 자신에게 벌어진 일을 남 탓으로 돌린다.

그리고 자신이 돌아갈 곳이 없다고 생각되면 그에게 복수하려고 혈안이 된다.

"그 인간의 주소 같은 거 압니까?"

"미국 주소만⋯⋯."

"혹시 그 사람에 대해 알 만한 방법이 없을까요?"

그 순간 정만욱이 고개를 번쩍 들었다.

"그 사람이 한국에 살 때 거주하던 곳의 주소가 회사 기록에 남아 있을 겁니다!"

"너무 오래된 거 아닐까?"

송정한은 그 말에 우려를 표시했다. 그럴 수밖에 없는 게 그 사람이 해외에서 얼마나 오래 있는지 모르지만 젊어서 미국으로 갔다면 아무런 연고도 없다는 뜻이기 때문이다.

그 부분에 대해서는 노형진 역시 동의하는지 고개를 끄덕거렸다.

"차라리 주변을 살피는 게 좋을 것 같군요."

"주변을?"

"그런 인간에게 정만욱 씨가 돌아왔다고 알려 줄 사람이 있다고는 보기에는 힘들거든요."

"확실히 그렇지."

회사 내부에서도 왕따를 당하는 그의 입장에서 정리 해고까지 당했는데 정만욱에 대한 정보를 줄 리 없다.

"그렇다면 정만욱 씨나 정만욱 씨의 와이프나 아이나, 하여간 그 세 명 중 한 명을 봤다는 소리입니다."

"그래도 여전히 넓은데?"

그 세 명의 행동반경은 어마어마하다. 당연히 그곳 어디에서 조승덕을 만났는지 알 수는 없다.

"일단 정만욱 씨의 생활 반경을 빼죠."

노형진은 한참 고민하다가 가장 먼저 정만욱 씨의 행동반경을 빼기로 했다.

"어째서?"

"조승덕이 있기에는 정만욱 씨의 행동반경은 너무 성공적이거든요."

이쪽 동네는 조승덕이 들어와서 살기에는 너무 비싼 동네다. 그렇다고 기업 쪽에서 보자니 그 기업 쪽에서 신분도 불분명한 사람을 회사 안으로 들여보내 줄 것 같지는 않다.

물론 길거리에서 우연히 볼 수도 있지만.

'하기만 우연히 보기에는 좀 그렇단 말이지.'

그랬다면 그런 녀석이라면 원한을 가지고 공격했을 가능성이 높다. 그런데 그렇지 않았다는 것은 정만욱을 직접적으로 봤을 가능성이 낮다는 소리다.

"그럼 아이일까?"

"아이라……. 그 인간이 아이를 본 지 얼마나 지났지요?"

"그…… 글쎄요……. 한 2년 좀 넘은 것 같습니다."

정만욱의 말에 노형진은 아이의 생활 반경도 빼기로 했다.

"그럼 가능성이 낮군요."

"그런가?"

"네, 아이들은 무섭게 크니까요."

이제 초등학교 4학년인 아이다. 2년 좀 넘었다는 건 초등학교 1~2학년 때 봤다는 소리다. 그런 아이와 비슷한 아이가 한국에 있다고 눈에 불을 켜고 따라다니기는 쉽지 않다. 그저 비슷한 아이라고 생각하고 넘어가는 게 보통이다.

"남은 건 아내분이군요."

하지만 아내는 가정주부다. 그녀는 여기서 일을 하지도 않을뿐더러 어디에 다니는 사람도 아니다. 기껏해야 마트에나 다니고 동네 사람들과 이야기를 나눌 뿐이다.

'그럼 애초에 정만욱의 행동반경을 빼는 게 의미가 없어지는데.'

또다시 막혀 버린 상황에서 노형진은 당혹감을 감추지 못했다. 실질적으로 정만욱과 마찬가지로 그가 들어오기에 이곳은 너무 고가의 주택단지이다.

물론 성공해서 여기 들어올 수도 있겠지만 성공해서 여기에 사는 녀석이 미쳤다고 유괴 사건을 벌이겠는가?

그 순간 잠시 생각하던 그녀의 얼굴이 새파랗게 질렸다.

"서…… 설마?"

"설마라니요? 아시는 게 있나요?"

"제가…… 동네 사람들과 일주일에 한 번씩 자원봉사를

해요……. 근처 교회에서 같이 나가서.”

“자원봉사요? 어떤 거요?”

“바…… 밥 차요.”

“밥 차?”

“네!”

밥 차란 말 그대로 노숙인들이나 가난한 사람들이게 무상으로 밥을 나눠 주는 자원봉사를 뜻한다. 그런 곳이라면 충분히 조승덕이 있을 수 있다. 만일 한국에 와서 실패했다면 말이다.

“어디입니까, 그곳이?”

노형진의 눈에서는 불이 활활 타고 있었다.

“수고하세요.”

다행인지 불행인지 바로 그날이 밥 차 봉사를 하는 날이었다. 노형진은 서둘러 정만욱의 회사에 연락해서 양해를 구하고 조승덕의 사진을 들고 그곳으로 향했다.

“이곳에 있을까?”

“없을 겁니다. 바보는 아닐 테니까요.”

노형진은 송정한에게 말하면서 주변을 둘러보았다.

“하지만 아는 사람은 있겠지요.”

유괴까지 한 상황에서 혹시나 와이프가 자신을 알아보면 곤란할 테니 조승덕이 이곳에 왔을 가능성은 낮다.

그러나 여기에 오는 사람들은 매주 와서 밥을 먹는 사람들. 즉, 누군가는 조승덕에 대해서 알고 있을 수 있는 것이다.

"우리는 그를 찾아야 합니다."

"그러세. 일단은 찢어져서 이야기를 나눠 보지."

"그러지요."

노형진과 송정한은 서로 흩어져서 주변에 사진을 들고 혹시나 그걸 알아보는 사람이 있는지 찾기 시작했다.

얼마 지나지 않아서 그를 알아보는 사람이 있었다. 사진을 찍었을 때로부터 시간이 얼마 지나지 않아 알아보는 것이 어렵지 않았던 것이다.

"이거 조 씨 아냐?"

"아닌 것 같은데?"

"아냐, 맞아. 좀 더 젊어 보이고 깔끔하지만 이거 조 씨 맞네. 맞아."

"그런가……? 어…… 그러고 보니 맞네. 조 씨네, 조 씨."

노숙자들은 대번에 알아보고 고개를 끄덕거렸다.

"이 사람에 대해 뭐 좀 아십니까?"

"뭐, 안다면 아는데."

눈을 반짝이는 그들을 보면서 노형진은 씁쓸하게 웃으면서 지갑을 꺼내 1만 원짜리를 한 장씩을 꺼내서 그들에게 건

냈다.

"마음에 들면 더 드리지요."

"크흠, 뭐, 우리도 좋아하는 놈은 아니니까."

맨날 자신이 한때 잘나가는 외국계 기업에서 인정받던 사람이다, 그런데 함정에 빠져서 해고당했다 같은 얘기만 하는 녀석이었다는 것이다.

'잡았군.'

노형진은 그 말을 듣고는 그가 분명히 조승덕이라고 확신했다.

"하여간 똑같은 노숙자들 주제에 뭔 잘난 척이 그렇게 심한지."

"맞아. 여기에 한때 잘나가던 사람이 없는 줄 아나?"

키득거리는 노숙자들. 노형진은 그들의 말에 마음이 다급했다.

"그래서 그는 어디 있습니까?"

"글쎄?"

노형진은 그 말에 다시 지갑을 열어서 1만 원짜리 다섯 장을 꺼내 들었다.

"생각이 진짜 나지 않으시나요?"

그걸 보고 침을 꿀꺽 삼키는 노숙자들.

"그 녀석이 어디 있는지는 솔직히 모르지. 노숙자들이 주소록을 들고 다니나? 다만 같이 다니는 녀석이 있기는 하지?"

"같이 다니는?"

"왕 씨라고 자기 말로는 전직 조폭이었다지?"

"조폭요?"

"그래, 자기 말로는 무슨 보스까지 했던 사람이라고 뻐기고 다니는데."

노형진은 왠지 그가 조승덕과 동종이라는 느낌이 강하게 들었다. 말도 안 되는 뻥을 치면서 둘이 친해졌고 조승덕이 그를 끌여들어서 일을 꾸몄을 가능성이 높아졌다.

"그 사람도 노숙자인가요?"

"아니, 노숙자는 아녀. 어디서 오래된 대포차 하나 끌고 다니던데?"

"대포차요?"

"무슨 봉고인가 그래. 어디 망하는 기업에서 뽀려서 왔다나 뭐라나?"

노형진은 직감적으로 그들이 범인이라는 사실을 알아차렸다. 그는 그들에게 아예 지갑에 있는 돈을 통째로 건네면서 물었다.

"그래서 그 사람의 집이 어딥니까?"

때로는 진실을 보기
싫어하는 사람도 있다

"뭐라고요?"

노형진이 급하게 사람들을 모으려고 다시 회사에 왔을 때 그가 들은 것은 당황스러운 보고였다.

"두 딸과 큰 아들이 자백했답니다. 자신들이 돈을 노리고 납치했다고."

"그게 말이 됩니까?"

노형진은 그 말을 믿을 수가 없었다. 물론 사건의 흐름상 가장 유력한 용의자는 그들일 수밖에 없다. 그러나 유력한 용의자와 범인은 전혀 다른 이야기이다.

'사건의 흐름상 그들이 범인일 수가 없는데?'

그들은 이 집의 재산에 대해 누구보다 잘 알고 있는 사람들이다. 그런 사람들이 고작 세 명이서 2억을 나누겠다고 조카를 납치한다?

'그건 말이 안 돼.'

20억이나 200억도 아닌 고작 2억이라니.

"경찰에서는 대대적으로 자신들이 성공적인 작전으로 범인을 잡았다고 홍보하고 있습니다."

"아이는요?"

"죽여서 바다에 던졌답니다."

그 말에 노형진은 이를 빠드득 갈았다.

"의뢰인들은……"

"정태성 씨는 충격으로 쓰러지셨고 정만욱 씨 부부는 시체를 찾으러 해당 지역으로 가셨습니다."

"……"

침묵이 흐르는 새론의 회의실. 노형진은 자신이 큰 실수를 한 것인가 생각했다.

'내가 어디서 실수한 거지?'

'그들을 만나서 사이코메트리를 해야 했나?' 하는 생각이 마구 몰려왔다. 그랬다면 아이들을 찾을 수 있었을지도 모른다.

"우리가 엉뚱한 사람을 찾아다닌 걸까."

송정한 역시 자책하는 얼굴이 되었다. 설마 일이 이렇게 될 줄은 생각하지 못했던 것이다.

"경찰에서 빈정거리더군요."

"빈정거리다니?"

경찰서에 갔다 온 남상주는 속상한 듯 얼굴을 찡그렸다.

"변호사는 변호사답게 변론이나 잘할 것이지, 수사같이 전문적인 일은 자신에게 맡기라고 하면서 무안을 주더군요."

송정한의 말에 남상주는 한숨을 쉬면서 답했다. 하긴 저들이 범인을 잡았다면 그게 맞을 수도 있다.

'내가 잘못 생각한 걸까?'

한국의 변호사와 다르게 미국의 변호사는 발로 뛰는 팀이 있다. 의뢰인을 위해서 말이다. 그 시스템을 도입하는 것이 노형진의 목표였다.

사실 프로파일러를 도입하는 것 역시 급하게 이루어진 것이기는 하지만 장기적인 목표 중 하나였다. 단순히 법적인 조언을 하는 게 아니라 그들을 위해 진범을 잡는 것까지 생각하고 있었던 것이다.

'탐정이 인정되지 않는 한국에서 변호사가 할 수 있는 일이라 생각했는데.'

대한민국은 탐정이 인정되지 않는다. 경찰이 부실 수사를 해도 제대로 구제받지 못한다. 그나마 변호사가 도와줘서 풀려날 수는 있을지언정 그때쯤이면 진범은 보통 멀리 도망간 상황인 경우가 대부분.

"후우, 우리가 실수했군."

"기운이 쏙 빠지네요."

송정한과 남상주의 말에 노형진은 고개를 끄덕거렸다.

"어쩔 수 없지요."

아이는 구하지 못한 채로 사건이 끝났다. 자신들이 할 수 있는 게 없었다. 그때였다.

"노 변호사님, 전화가 왔는데요?"

"전화? 회의 중이라고 말씀드려요."

도무지 전화받을 기분이 아니었던 노형진은 침울하게 말했다.

"꼭 받으셔야 하는 전화라는데요?"

"누군데요?"

"김소라 씨라는데요?"

"김소라?"

김소라면 자신들이 불렀던 프로파일러다. 그녀가 왜 전화한 것일까?

"일단 회의실로 돌려 주세요."

"네."

노형진의 말에 그녀는 돌아가서 회의실로 전화를 돌렸고 노형진은 그걸 스피커폰으로 연결했다.

"스피커폰으로 연결했습니다, 김소라 양."

─아, 그래요? 그럼 다른 변호사들도 있는 건가요?

"네. 그나저나…… 아이가 벌써 죽었다고 하더군요. 범인도 잡혔고요. 고생시켜서 죄송합니다."

노형진은 진심을 담아 사과했다. 어쩌면 이번 사건으로 인해 그녀가 오지 않겠다고 할지도 모른다. 하지만 그래도 어쩔 수 없는 일이었다. 그런데 그녀의 말은 노형진의 예상과 달랐다. 탓한 것도, 사과한 것도 아니었다.

　─그것 때문에 그런데요. 제가 좀 이상해서 자백한 걸 구해서 보고 있거든요.

　"이상해요?"

　─네, 제가 프로파일링한 게 다 맞다고 할 수는 없지만 그들이 한 게 아니라는 것은 확실하다고 생각해서요.

　누군가를 특정하는 것보다는 누군가를 배제하는 것이 당연히 쉬운 일이다. 그리고 김소라가 보기에 그들은 절대 이런 사건을 벌일 수 있는 상황이 아니었다. 인성이야 부모를 정신병원에 넣었던 녀석들이니 좋다고 할 수 없지만 그렇다고 해서 그들이 무조건 범인이라는 증거는 없으니까.

　─그 사람들의 진술서에 보면 이렇게 되어 있어요. 친척이라는 점을 이용해서 유인한 후 납치했는데, 자신들을 알고 있다는 사실 때문에 바로 살해하여 강화도 인근 바다로 가서 유기했다고.

　"그래서요?"

　─아이가 납치된 날은 공휴일이에요. 그리고 그날에 그쪽에서 강화도로 가는 방향은 언제나 상습 정체 구간이구요. 심한 곳은 거의 시속 10킬로미터 정도밖에 나오지 않아요.

그 말에 노형진은 정신이 번쩍 들었다. 시속 10킬로미터면 애가 탈출할 수도 있고 사람이 많으므로 도와 달라고 할 수도 있다.

"하지만 아무래도 아는 사이니까 저항하지 않았을 수도 있지 않습니까?"

―아니죠. 정만욱 씨는 해외에서 살다가 무려 7년 만에 들어온 겁니다. 그것도 이번 사태가 벌어지고 아버지가 정신병원에 들어갔다는 사실을 알고는 부랴부랴 귀국한 거예요. 그럼 그 아이는 7년 이상 친척이라는 존재를 보지 못했을 겁니다.

그렇다고 들어와서 소개시켜 줬을까?

그럴 리 없다. 부모를 정신병원에 넣어서 결국은 친자 관계까지 부정당한 사람들이다. 그런 사람이 정만욱이 아들에게 소개시켜 줄 가능성은 낮다.

―결국 그 애가 알고 있기는 힘들다는 거죠.

물론 얼굴은 알고 있을 수도 있다. 하지만 그렇다고 해도 낯선 사람인 것은 당연한 일.

"음……."

―그리고 그 사람들의 차는 큰형이라는 사람이 가지고 있는 마티즈 하나뿐이에요.

"그래서요?"

―마티즈로 사람을 납치하는 건 무리죠. 더군다나 이들의 말대로라면 두 딸과 함께 움직였다는 건데, 성인 세 명이 그

걸 이용해서 납치하는 건 무리죠. 그리고 생각해 보세요. 우리가 한 프로파일링에 따르면 그들은 차를 이용해 돈을 가지고 갈 생각이 있었어요. 그런데 마티즈의 트렁크는 사과 상자를 담기에 좀 작은 편이에요.

"렌터카 같은 거 빌릴 수도 있지요."

—하지만 돈을 가져다 두면 분명 거기에 경찰이든 누구든 있을 게 뻔한데요?

렌터카를 빌린 곳에 문의하면 신분이 바로 나온다. 바보가 아닌 이상에야 말도 안 된다.

'그러고 보면 남의 차를 빌리는 데에는 한계가 있단 말이지.'

결국 차를 써도 범인을 특정할 수 없을 거라는 확신이 있을 때 차를 사용하는 건데 그럼 둘 중 하나다. 차를 훔치거나 대포차이거나.

대포차란 명의자가 아닌 다른 누군가가 무단으로 끌고 다니는 차량을 말한다. 당연히 그게 누구한테 있는지 알 수가 없다.

"그럼 어디서 대포차를 구한 거 아냐?"

송정한 역시 그런 가능성을 생각했다. 그렇다면 그 모든 게 성립된다.

—하지만 그 대포차에 대한 언급이 전혀 없어요.

대포차를 구해서 범죄에 사용했다면 당연히 진술서에 그 대포차에 대한 진술이 들어가야 한다. 하지만 김소라의 말에 따르면 진술서에는 마티즈를 이용해서 범죄를 저질렀다고 되어 있다는 것이다.

'뭔가 이상해……'

그 순간 노형진은 그 자원봉사를 하던 곳에서 만난 사람들의 말이 생각났다. 그 왕 씨라는 전직 조폭이라는 작자가 어디서 훔쳐 온 대포차를 끌고 다닌다는.

노형진은 직감적으로 그들이 관련이 있다는 사실을 느낄 수 있었다. 아니, 확신이었다.

"알겠습니다. 저희도 의심이 가는 사람이 있으니 바로 확인해 보지요. 그쪽도 아직 이게 어떤 상황인지 모르고 어리둥절해할 테니 지금 바로 움직이면 아이를 구할 수 있을 겁니다."

―바로 움직여 주세요.

"그러지요."

노형진은 다급하게 전화를 끊었다. 만일 저쪽에서 사건을 은폐하려고 한다면 아이가 위험해질 수도 있기 때문이다.

"다른 사람이라니 이미 납치해서 죽였다고 하지 않았나?"

"혹시 그들이 허위 진술을 한 걸 겁니다."

"허위 진술?"

"이런 사건이 없었던 건 아니잖습니까?"

"설마."

"솔직히 이 정도 시간이 지났으면 아이가 살아 있을 가능성은 낮습니다. 그건 인정해야지요."

시간이 사흘을 줬다고 하지만 일반적인 사건에서는 이 정도 시간이 지나면 아이가 살아 있을 가능성은 낮다.

'그렇다면 차라리 범인을 만드는 게 나을 수도 있지, 경찰의 입장에서는.'

물론 그게 말도 안 된다고 생각하지만 경찰 내부에서 실적에 눈이 먼 녀석들 중 일부는 실제로 사건을 조작하기도 한다. 한국에서 가장 유명한 사건인 소년 실종 사건에서 실종자의 아버지가 범인으로 몰려 갖은 고초를 겪은 것은 유명한일이다.

"중국을 생각하세요. 우리나라 경찰이 중국 경찰보다 정의롭다고 생각하는 건 아니시죠?"

"으음……."

중국인의 남의 일에 관여하지 않는 문화는 그들의 기질보다는 그들의 경찰인 공안 때문인 것도 있다. 신고하면 그들은 가장 먼저 증인을 범인으로서 수사하기 때문이다.

물론 그 수사가 단순한 질문이 아니라는 게 문제다. 당연히 사람들은 보고도 못 본 척하고 만다.

"아이가 죽었다면 그들의 입장에서는 차라리 납득할 수 있는 범인을 던져 주는 게 더 나을 수도 있습니다."

"하지만……."

"아시잖습니까?"

국민들은 모른다, 그런 사건이 대한민국에서 얼마나 흔하게 벌어지고 있는지.

그저 언론에 나오는 바른 모습을 보고 '아, 요즘 경찰이 많이 바뀌었다.'라고 이야기하는데 경찰은 공무원, 쉽게 말해 철밥통 중 하나다. 즉, 쌍팔 연도에 근무하던 녀석이 지금도 있다는 소리이니 그 녀석이 자기 버릇을 못 고친 상황이라면 그런 사건이 벌어질 수밖에 없다.

"그리고 그들이 범인이라고 공개는 했는데 정작 그 장면은 공개하지 않은 게 이상해요."

"장면요?"

"네, 이런 사건은 보통 범인이 경찰서에 들어가는 장면을 공개하거든요."

유괴만큼 국민들의 공분을 일으키는 사건도 드물다. 당연히 그런 유괴범을 잡았다면 경찰이 일을 잘한다는 가장 확실한 증거가 된다. 그런데 그런 유괴 사건을 범인을 잡아서 들여보내는 장면은 빼 버리고 그냥 잡았다고 공개만 한다? 그건 이상한 일이다.

"그럼 엉뚱한 사람을 범인으로 몰았다는 거야?"

"그럴 겁니다. 그럴 가능성이 높지요."

확실한 이유가 있는 사람이 있으니 적당한 겁주고 사건 기록만 조작하면 그가 범인이 되는 것은 일도 아니다. 누군지도 모르는 범인을 잡는 것보다는 확실히 빠르고 편하다.

"하지만 범인은?"

"모를 일이지요."

그들에게 잡을 생각이 있을까?

있을 리 없다. 그들은 아이는 이미 죽었다고 생각하는 게 틀림없다.

"이런 미친."

"그럼 이건 어쩌지? 항의해야 하나?"

송정한의 말에 노형진은 고개를 흔들었다.

"안 됩니다. 여기서 항의하면 우리의 이미지만 나빠져요. 유괴는 용서받을 수 없는 범죄입니다. 우리가 유괴범을 옹호한다는 듯한 모습을 보이면 언론에서 우리를 가만두지 않을 겁니다."

그 말에 송정한은 고개를 끄덕거렸다. 그런 모습이 보인다면 아마도 언론에서는 자신들을 엄청나게 물어뜯을 것이다.

"그럼 어쩌지?"

"가장 확실한 방법은 아이를 찾는 겁니다."

"아이를?"

"네, 지금이 기회입니다. 아마 범인들은 생각지도 못한 사태에 어리둥절할 겁니다. 그리고 자신들이 아닌 다른 사람들이 잡혀갔으니 당연히 방심하겠지요."

"하지만 범인들이 어디 있는지 알고?"

"노숙자들에게서 재미있는 이야기를 들었습니다."

노형진은 자신이 노숙자들에게 전해 들은 이야기를 했다. 조승덕이라는 존재와 그와 함께하는 왕 씨라 불리는 전직 조폭. 그리고 그가 몰고 다닌다는 봉고차는 대포차라는 것.

"음……."

"확실히 이쪽이 엄청나게 가능성이 높군."

가능성이 있어 보이는 건 형제 쪽이 아닌 원한을 가진 자들이다. 상황도 그럴 뿐만 아니라 유괴범으로서의 가능성도 무척이나 높다.

"그리고 그 왕 씨라는 인간은 시외에서 컨테이너를 두고 살고 있다고 하더군요."

"시외?"

"네, 자기 땅은 아닐 겁니다. 아마도 시유지나 국가 땅이겠지요."

그 정도 땅이 있다면 그런 식으로 살고 있지는 않을 테니까.

"그렇다면?"

"네, 그 컨테이너에 아이가 있을 가능성이 높습니다."

그 말에 송정한은 벌떡 일어났다.

"그럼 뭐해? 당장 가자고!"

"잠시만요. 이렇게 가면 안 됩니다."

"안 된다니?"

노형진은 그런 송정한의 마음을 알고 있었다. 사실 이곳에 있는 모든 사람들이 아마도 그와 같은 마음을 가지고 있을 것이다. 하지만 노형진은 이 사태를 그냥 넘어갈 수가 없었다. 이런 일은 무작정 해결하면 자신들이 큰 타격을 입게 된다.

"이대로 가면 나중에 큰 문제가 생깁니다."

"문제? 무슨 문제? 그래서 우리가 애를 구하지 말아야 한다는 건가?"

"아닙니다. 그렇지만 사전에 막을 수 있다면 막아야 한다는 거죠. 좋은 일을 하는 것도 좋지만 경찰을 적으로 돌리면 아무리 우리가 변호사라고 해도 협조해 주지 않으려 할 겁니다."

"음……."

사정을 대충 이해한 송정한은 입을 다물었다. 확실히 자신들이 여기서 범인을 잡고 아이를 구출하면 경찰은 완전히 병신이 되어 버린다. 그 후에 그들이 새론에 어떤 보복을 할지는 뻔한 일.

"그럼 어쩌자는 건가? 우리가 신고한다고 경찰이 들은 척이나 하겠어?"

이미 그들은 범인을 잡았다고 확정한 상태다. 그런 상황에서 자신들의 이야기가 먹힐 리 없다.

"그러니까 경찰 조직이 아니라 경찰에게 부탁해야지요."

"경찰 조직이 아니라 경찰에게라니?"

"경찰 내부가 다 썩은 건 아니잖습니까?"

경찰 내부에서 일하는 사람들은 많다. 그중에는 이번 사태를 일으킨 사람처럼 썩어 문드러진 녀석도 있는 반면 현장에서 국민들을 위해 노력하는 사람도 있기 마련이다.

"하지만 마땅한 사람이 있나? 우리가 믿을 수 있는 사람 말이야."

"제가 아는 사람이 한 명 있습니다."

남상주가 갑자기 뭔가 생각이 난 듯 외쳤다.

"실력은 좋고 똑바른 사람인데 워낙 로비나 아부에 재능이 없어서 아직도 승진하지 못하고 있는 형사 과장이 한 명 있습니다."

그 말에 노형진은 고개를 끄덕거렸다.

"일단 그에게 말해서 부하들을 데리고 와 달라고 해 주십시오."

"하지만 관할이 다를 텐데?"

"일단 그건 사소한 문제입니다. 일이 터진 후에는 경찰 쪽에서 관할 가지고 뭐라고 하지는 못할 테니까요."

그 말에 고개를 끄덕거린 남상주는 전화기를 들었다.

"빨리 움직여야 합니다. 우리가 빨리 움직일수록 아이의 생존 확률은 높아집니다."

그 말에 다들 분주하게 움직이기 시작했다.

⚖

"이게 뭐야?"

조승덕은 뉴스를 보면서 기가 막혔다.

"우리 사건 맞아?"

"맞아. 애 사진도 나오잖아."

조승덕은 자신이 유괴한 아이의 사진이 뉴스에 나오자 당황했다. 전혀 엉뚱한 사람이 범인이라고 언론에 공개되었기 때문이다. 심지어 그들이 자백했다고 했다.

"어찌 되었건 우리한테는 좋은 일이지. 그들이 엉뚱한 사람을 잡았다는 건 우리를 따라오지 않는다는 거잖아."

왕 씨는 왠지 안도하는 얼굴이었다.

사실 전직 조폭이라고 지껄이기는 했지만 그저 시다바리 급이었을 뿐이다. 큰 형님의 죄를 뒤집어쓰고 감방에 갔다 오니 버려져서 이렇게 살고 있는 상태일 뿐, 조폭다운 일은 해 본 적도 없었다. 그런 상황에서 돈이 된다기에 순간 혹해서 유괴에 동참하는 바람에 심장이 조마조마했는데 다른 사람이 범인이라고 하니 얼마나 좋겠는가.

"하지만 이러면 돈을 못 받아 내는데?"

"뭐?"

"생각해 봐. 범인이 잡혔는데 우리가 돈 달라고 하면 다른 범인이 있다는 뜻 아냐? 당연히 달라고 못 하지."

"으음?"

"쳇, 별수 없지."

마치 뱀이 먹잇감을 바라보듯이 차가운 눈빛으로 컨테이

너 구석에 달려 있는 문짝을 바라보는 조승덕.

"설마?"

"방법이 없잖아? 저 녀석을 풀어 주면 우리가 드러난다고. 어차피 경찰도, 자기 아비도 애가 죽은 줄 알고 있을 텐데."

"으음……."

"하기 싫으면 빠져. 내가 할 테니까."

조승덕의 눈에서는 불이 활활 타오르고 있었다.

'흐흐흐, 정만욱, 그 고통스러울 거다. 그래, 그렇게 영원히 고통스러워해라. 네가 나한테 한 짓으로 인해 내가 고통스러워한 만큼 말이다 흐흐흐.'

그는 회사에서 잘린 뒤 다른 일자리를 미국에서 알아봤지만 구하지 못했다. 결국 다시 한국으로 돌아왔는데 그는 자신의 재능을 살린답시고 광고 회사를 열었다.

그러나 한국은 미국보다 더 인터넷 문화가 발전한 곳이다. 당연히 오로지 방송과 신문에만 기대는 그의 오래된 스타일의 광고가 먹힐 리 없었고, 결국 그는 전 재산을 말아먹고 노숙자가 되었다.

'그년을 봤을 때 긴가민가했는데 말이지.'

그런 상황에서 노숙자 쉼터에서 자원봉사를 하던 정만욱의 아내를 보고 그는 눈을 의심했다. 하지만 몇 번이나 보면서 확신이 들었고 자신이 느꼈던 고통을 몇 배로 돌려주기 위해 이번 유괴를 계획했다.

'넌 날 자른 걸 후회하게 될 거라고 했지.'

자신의 잘못은 인정하지 않고 오로지 남 탓만 하는 그는 일을 마치려고 마음을 독하게 먹었다.

그때였다.

"어? 저기 누가 오는데?"

"응?"

왕 씨의 컨테이너는 아무것도 없는 허허벌판에 놓여 있어 멀리에서 오는 사람도 볼 수 있었다. 그런데 저 멀리 한 남자가 땀을 뻘뻘 흘리면서 다가오는 게 보였다.

"뭐야? 올 사람 있었어?"

"아니, 여기 올 사람 없는데? 설마 경찰 아냐?"

왕 씨는 덜컥 겁이 났다. 하지만 조승덕은 고개를 흔들었다.

"그럴 리가. 경찰이 여기 올 리 없잖아? 온다고 해도 혼자 오겠어?"

이미 언론에서 경찰이 범인을 잡았다고 대서특필하고 있는 상황이다. 그러니 경찰이 올 리 없다.

그리고 경찰은 기본적으로 두 명 이상씩 움직인다. 저렇게 혼자 올 리 없다.

더군다나 양복에 가방을 든 경찰이라니, 그런 게 있을 리 없다.

"으, 덥다."

다가온 남자는 컨테이너 바깥으로 나온 두 사람을 보고 미소를 지었다.

"안녕하세요. 인구총조사 나왔습니다."

"인구총조사?"

"네, 정부에서 하는 일괄 인구 조사예요. 정확한 인구통계를 내기 위해 몇 가지 설문에 응해 주시기만 하면 되는데요."

"음."

헤실헤실 웃는 젊은이를 보자 조승덕은 약간은 의심을 풀었다. 양복을 입고 구두를 신은 모습만 딱 봐도 이제 막 공무원이 된 듯한 모습이었기 때문이다.

"하기 싫은데."

"이거 의무 사항이라서요. 하지 않으시면 다시 와야 해요."

"그래? 그럼 어쩔 수 없군. 뭐라고 하면 되나?"

"저기, 날씨가 더워서 그런데 들어가서 하면 안 될까요?"

이제 가을에 접어들고 있긴 하지만 여전히 날씨는 덥다. 그래서인지 그 조사원은 들어가고 싶어 했다.

"그건 안 되겠는데."

"네?"

"저기에는 에어컨이 없거든. 컨테이너에 에어컨이 없으면 얼마나 더운지 알지? 그래서 우리도 나와 있는 거야."

"아아아."

조사원은 알겠다는 듯 서류 가방에서 뭔가를 꺼내 들었다.

"일단 몇 가지만 여쭤 볼게요."

조사원, 아니 노형진은 그렇게 하면서 그들을 살폈다.

'안에 뭔가 있나 보군.'

이 날씨에 에어컨이 없으면 당연히 컨테이너는 덥다. 하지만 노형진은 그들이 다른 이유로 자신을 들이고 싶지 않다는 걸 알고 있었다. 애초에 에어컨 실외기가 뻔하게 보이는데 속 보이는 거짓말인 것이다.

'여기다.'

그 안을 볼 수 없지만 노형진은 그들에게서 이상한 느낌을 받을 수 있었다.

'확실하게 하는 게 좋겠지?'

노형진은 그들에게 볼펜을 건네면서 바짝 붙었다.

"일단 이 부분을 읽어 보셔야 하는데요. 여기에 두 분이 거주하시나요?"

"아니, 난 여기 놀러 온 거고 저쪽이 여기 사는 사람."

그 둘의 사이는 명확하게 드러나 있었다. 조승덕이 리더로서 왕 씨라는 인간을 통제하는 게 드러났다. 물론 그걸 알아내려고 물어본 게 아니었다.

'여기군.'

볼펜를 건네면서 기억을 읽어 보니 역시나 조승덕은 혹시나 노형진이 이상한 점을 알아챌까 봐 노심초사하고 있었다.

노형진은 손을 펄럭이면서 약속된 명령어를 슬쩍 말했다. 품 안에 감춰진 초소형 무전기가 사람들에게 전달해 줄 것이라 믿으면서 말이다.

"저기, 더워서 그런데 물 한 잔만 얻어 마실 수 있을까요?"

"그냥 빨리하고 가쇼."

"네."

노형진은 머쓱하게 웃으면서 서류를 꺼내 바닥의 가방 위에 내려놨다.

"불편해도 이해해 주세요. 일단 몇 가지 설문 조사 좀 하겠습니다. 혹시 이 집에 아이가 있나요?"

"없는데?"

"아, 죄송한데 이건 그 집에 사는 분만 답할 수가 있어서요. 저기, 어르신, 아이가 있나요?"

"어, 없지. 당연히 없지. 나 혼자 살아."

아이 이야기가 나오자 찔끔하는 왕 씨. 그리고 그런 왕 씨가 혹시라도 말실수를 할까 봐 그를 바라보는 조승덕.

노형진이 서류를 바닥에 내려놓았기에 그들의 시선은 자연스럽게 바닥으로 향할 수밖에 없었다. 그리고 그때를 틈타 조용히 다가오는 그림자.

그들은 노형진이 그들의 시선을 빼앗을 틈을 타 컨테이너의 뒤쪽에서 조용히 접근하고 있었다.

"감사합니다. 다 하셨어요."

"그럼 빨리 가쇼."

"네, 이제 가야지요. 안녕히 계십……."

멀쩡하게 모른 척하는 노형진이 인사하면서 고개를 숙이고 그 둘의 시선이 그런 그에게 향하는 순간, 그 뒤에서 조용히 다가오던 그림자가 그 둘을 덮쳤다.

"조승덕! 네놈을 유괴 혐의로 체포한다."

"으억!"

"뭐…… 뭐야!"

노형진에게 신경이 팔려서 누군가 다가오는 것도 모르던 그는 깜짝 놀라 저항하려고 했지만 이미 자신에게 달라붙은 사람이 두 명이나 된 데다 컨테이너 뒤쪽에서 기다리던 다른 사람들도 달려들어 매달려서 도망갈 수가 없었다.

"놔! 쌰앙! 놓으라고! 내가 누군지 알아! 내가 입만 열면 여럿 다쳐!"

"시끄러워!"

발광하는 조승덕과 다르게 왕 씨라고 불린 남자는 울부짖으면서 빌고 있었다.

"잘못했어요! 저 녀석이 시킨 거예요! 저 녀석이 다 시킨 거예요!"

"닥쳐, 이 새끼야!"

"네가 시켰잖아!"

"입 닥치라고!"

노형진은 그들을 무시하고 컨테이너 안으로 들어갔다. 그러자 훅 몰아치는 엄청난 열기.

"으으."

실제로도 컨테이너 안은 제법 더웠다. 나름 방열하기는 했지만 철판인 컨테이네가 뿜어내는 열기는 생각보다 강했다.

"아이는 어디 있나?"

노형진의 뒤를 쫓아 후다닥 들어오는 송정한.

"여기인 것 같군요."

노형진은 구석에 있는 문을 가르쳤다. 그럴 수밖에 없는 게 그 문은 사람들의 생각과 다르게 바깥쪽에서 잠그는 형태였던 것이다.

"어서 빨리!"

노형진은 서둘러 문을 열었다. 그러자 모습을 드러내는 어둠.

합판으로 막힌 작은 창문이 달린 작은 방 안에는 체구가 작은 아이가 쓰러져 있었다.

"헉!"

노형진은 서둘러서 다가가서 맥을 짚었다. 다행히도 더워서 탈진해 기절한 것인지 맥은 뛰고 있었다.

"아이는 괜찮아요. 일단 당장 구급차 부르세요."

"아…… 알았네."

송정한은 당장 핸드폰을 꺼내 들고 바깥으로 나갔고, 노형진은 기절한 아이를 안고 그 뒤를 쫓았다.

"놔! 내가 누군지 아느냐고! 내가 너희 다 한 방에 자를 수 있어!"

여전히 자신이 어떤 처지인지 모르고 고래고래 소리를 지르는 조승덕. 노형진은 그런 그에게 다가갔다.

"그런 소리는 이 아이한테 하지그래?"

핼쑥한 얼굴로 기절한 아이를 보던 조승덕은 입을 다물었다. 다른 건 몰라도 아이가 걸렸다는 것은 모든 것이 끝났다는 뜻이기 때문이다.

"뭐, 벌금을 좀 낼지도 모르겠지만."

노형진은 아이를 옆에 있던 남상주에게 맡기고는 그대로 조승덕의 얼굴에 주먹을 날렸다.

"크헉!"

"상놈의 새끼야! 세상에 할 짓이 없어서 유괴를 해? 네가 사고 쳤으면 네가 책임져야지, 왜 엉뚱한 사람한테 복수하냐고!"

"크헉!"

퍽퍽 소리가 나도록 주먹을 휘두르는 노형진. 그러나 조승덕은 양쪽에서 잡혀 있어 저항할 수도, 쓰러질 수도 없었다.

"세상에 가장 더러운 게 애들한테 하는 범죄다!"

세상은 범죄가 많다. 그 모든 것이 나쁜 짓이기는 하다. 하지만 그중에서 가장 나쁜 것은 바로 아이들에게 하는 범죄다. 어떤 나라든 아이들에 대한 범죄는 가중처벌 하는 것이 기본이다.

"그렇게 잘났어? 그래서 교도소에서는 그 허세가 얼마나 잘 통하는지 보자."

노형진은 그의 머리카락을 잡아당겨 조승덕의 푹 숙인 머리를 강제로 들어 올리면서 말했다. 그때 경찰이 다가왔다.

"그렇게 범인을 때리면 안 되는데요."

"어때요. 난 경찰도 아닌데."

"하긴 그렇기는 하네요."

그는 남상주에게 연락을 받고 온 사람이었다.

그는 자신들의 부하를 데리고 왔고 노형진 역시 경호 팀을 데리고 온 상태였다.

그리고 조승덕을 잡고 있는 사람은 노형진의 경호 팀 소속이었다.

"다음부터는 그러시면 안 됩니다."

그는 근엄하게 말했지만 노형진은 피식 웃었다. 그가 그렇게 말하고 있지만 사실 구타가 끝날 때까지 모른 척 다른 곳을 보고 있었다는 걸 알고 있었기 때문이다.

'하긴 그도 마음에 들지는 않겠지.'

자신을 위해 범죄를 저지르는 녀석이 있는 반면 진심으로 범죄를 싫어하는 경찰도 있기 마련이다.

그리고 그는 이런 범죄를 무척이나 싫어하는 타입이었다.

그러니 슬쩍 모른 척한 것이리라.

애애앵.

때마침 저 멀리서 다가오는 앰뷸런스의 소리에 노형진은 그쪽으로 바라보면서 안도의 한숨을 내쉬었다.

"이제 마무리만 하면 되겠네요."
하지만 마무리가 가장 힘든 일일지도 모른다.

⚖

"이거 공개할까요?"
경찰청장은 얼굴을 찌푸렸다.
"그건 좀 그렇지요."
"그렇게 생각하시죠?"
노형진이 다른 경찰들을 데리고 가서 진짜 범인들을 잡았다. 심지어 아이도 구출해 냈다.
이건 경찰의 입장에서는 곤란한 일이다. 쫓겨난 형제들이 돈을 노리고 납치했으며 애는 죽었다고 언론에 공개한 상태였으니까. 이게 공개되면 경찰로서는 엄청나게 욕을 먹을 수밖에 없다.
"그분들은 아주 벼르고 있던데요?"
"……."
아니나 다를까, 그들은 공적으로 노린 경찰 같지도 않는 녀석에게 거의 고문당하다시피 두들겨 맞으면서 진술서를 쓴 것이었다.
그 경찰은 그런 적이 없다고 딱 잡아떼고 있었지만 그가 받아 낸 진술서와 사건 자체가 틀린 것만으로도 말도 안 된다는 것을 알아내는 것은 어려운 일이 아니었다.

'망할 놈의 새끼 같으니라고.'

그 경찰은 무척이나 오랫동안 경찰을 하던 사람이었다.

문제는 무능해서 승진도 못하는 녀석이었다는 것.

더군다나 나이를 먹으면서 체력이 딸려 실적이 부족해하자 실적으로 올리려고 옛날에 쓰던 방식을 다시 쓴 것이다. 그에게는 그들이 범인으로 보였기 때문이다.

"그 녀석은 해고했고…… 그러니까…….”

"아아, 해고가 아닌 사표를 낸 것이겠지요."

"…….”

징계해야 하는데 사표를 내 버렸다.

원래는 이 경우 그 사표를 거부하고 징계 절차를 밟아야 하는데, 해당 경찰서장은 오랫동안 알고 지냈다는 이유로 그냥 그걸 받아 주는 바람에 실질적으로 징계조차도 불가능했다.

"좋은 게 좋은 거 아닙니까? 우리도 일부 미친 경찰 때문에 경찰 조직이 욕먹는 거 원하지 않으니까요."

"하아.”

결국 서울 경찰청장은 한숨으로 자신의 심정을 내보였다. 완전히 외통수였다.

"그래서 원하는 게 뭡니까?"

"간단합니다. 후후후, 어려운 건 아니에요.”

노형진은 눈을 반짝거리기 시작했다.

─이번 사건은 경찰의 기지로 해결된 사건입니다. 유괴범을 안심시키기 위해 가짜 범인이 잡힌 것으로 언론에 공개했으며 그사이 다른 팀이 그를 추적하였습니다. 안심한 범죄자는 실수했고 명확한 증거를 잡아⋯⋯.

　　노형진의 협상의 기술은 서로에게 좋은 형태로 완성되었다. 경찰은 자신들의 발표가 범인을 방심시키기 위한 행동이었다고 노형진과 짜고 발표했고 그 대신에 강제로 폭행당해서 사실을 말했던 정태성의 첫째 아들과 두 딸은 적지 않은 배상금을 받는 대신 침묵을 지키기로 했다.

　　어차피 싸워 봐야 전적이 있어 좋을 리도 없거니와 그들에게 급한 건 돈이었으니까.

　　아이는 다행히 다친 곳 없이 가족에게 돌아갔다.

　　정태성과 경찰이 전력을 다해 로비를 하고 있었다. 당연히 두 범인은 최고형을 피할 수 없을 것이다. 특히 조승덕은 최소 30년 동안은 세상 바깥으로 나올 수 없을 것이다.

　　'뭐, 과거에 잘난 게 그곳에 얼마나 먹힐지 모르겠네.'

　　아직도 그는 자신이 과거에 잘나갔다는 것에만 집착하면서 반성은 하지 않고 소리를 지르고 있다고 하니 그곳에 있는 범죄자들이 무척이나 귀여워 해 줄 게 뻔하다. 가장 싫어

하는 타입이니 말이다.

그리고 새론 역시 이번 기회를 놓치지 않았다.

"이제 오기만 하면 되나요?"

"네, 팀 구성은 다 되었습니다. 사무실도 따로 만들었구요. 필요한 건 말씀만 하시면 됩니다."

김소라의 말에 노형진은 미소로 답했다. 노형진은 경찰청장에게 말해 프로파일러들의 연락처를 받았다.

프로파일러 팀은 각 지역 경찰청별로 있어 접촉이 쉽지 않다. 애초에 전문 인력이라 경찰청에서 놔주려고 하지를 않는다. 하지만 이번 사건의 무마 조건으로 개별적인 접촉을 승인받아 그중 김소라를 포함한 다섯 명이 이쪽으로 오기로 한 것이다.

"변호사 회사에 프로파일러라니, 생각도 못 했네요."

"그렇지요? 하지만 생각해 보면 가장 필요한 곳 중 하나라고 볼 수도 있죠."

그 말에 김소라도 고개를 끄덕거렸다.

결국 위치가 달라졌다고 하지만 프로파일러들의 일은 똑같다. 범죄자들을 내면을 보는 것.

그리고 재판은 형사뿐만 아니라 민사도 있다. 어쩌면 프로파일러들이 가장 많이 필요한 곳은 이곳일지도 모른다

'후배 녀석들, 땡잡았네. 왠지 책임감이 느껴지는걸.'

프로파일러가 되고 싶어 하는 사람은 많다. 하지만 대한민

국에 프로파일러들이 들어갈 수 있는 곳은 한정되어 있다. 이런 상황에서 만약 그녀와 팀원들이 잘한다면, 그래서 이 법률계에 자리를 잡는다면 수많은 프로파일러들이 변호사들과 함께 범인을 잡고 진실을 밝힐 수 있게 될 것이다.

"그럼 잘 부탁해요."

김소라가 손을 내밀자, 노형진은 그 손을 잡았다.

"저야말로 잘 부탁드립니다. 진실을 기대하지요."

"그건 우리뿐만 아니라 노 변호사님도 해야 하는 거죠."

"결국 우리의 목적은 같으니까요. 후후후."

그렇게 진실이라는 목적을 위해 만난 전혀 다른 두 직업은 새로운 방향을 잡고 함께 움직이기 시작했다.

남의 것을 빼앗는 방법

–강력한 능력. 현대를 아우르는 유러피안 스타일의 냉장고.

텔레비전에서 나오는 광고를 보던 노형진은 신경질적으로 채널을 돌려 버렸다.

"아니, 보던 걸 왜 돌려?"

"그냥요. 저랑 그다지 사이가 안 좋은 거잖아요."

"거참, 그래서 광고도 보기 싫어?"

"솔직히 그러네요."

가전제품이 가장 많이 팔리는 시점이 언제일까?

바로 봄과 가을이다.

봄이 되면 새로운 마음으로 꾸미거나 입학 선물로 컴퓨터 같은 것을 많이 사 줘서 많이 팔린다. 반대로 결혼이 많아지면 신혼 물품이 많이 팔린다. 그러다 보니 가을만 되면 수많은 기업들이 공격적으로 홍보를 하는 게 보통이다.

"거참, 쉬러 왔으면 쉬어라. 그렇게 신경 쓰는 게 쉬는 거냐?"

노형진 아버지인 노문성은 노형진을 타박했다. 오랜만에 집에 와서는 텔레비전을 보면서 투덜거리니 그게 쉬는 것으로 보일 리 없다.

"그렇기는 한데."

노형진은 입안이 썼다.

'거참, 질기기는 하네. 하긴 대기업이 그렇게 쉽게 넘어갈 리 없지.'

대룡과 성화의 싸움은 지겨울 정도로 오래가고 있었다. 사실 하나만 망해도 대한민국 경제가 휘청거릴 정도로 큰 기업이니 주변에서 적극적으로 그들의 싸움을 말리는 것에도 이유가 있었다.

'그나마 다행인 것은 대룡이 조금 더 유리하다는 것 정도인가?'

노형진이 대룡과 만든 대룡자동차. 그게 성화의 수입 차 기업을 날려 버린 결과 성화는 적지 않은 타격을 입었다.

물론 그런다고 그게 날아갈 건 아니다. 하지만 그곳에서 타격을 입은 그 내부의 사람들이 그 피해를 보전하기 위해 다른 곳에서 욕심을 내면서 내부적으로 흔들리고 있다는 정보가 들리고 있었다.

'뭐, 10년 이상은 걸릴 거라 생각했으니까.'

다른 곳도 아니고 성화다. 사방에 수많은 인맥을 깔아 둔 곳인 만큼 쉽게 넘어갈 거라 생각하지도 않는다.

'그건 내가 신경 쓸 게 아니지.'

저들과의 싸움은 엄밀하게 말하면 대룡의 책임이다. 대룡이 도움을 요청하면 자신은 변호사로서 도움을 줄 뿐이었다.

"그나저나 저거 참 예쁜데."

"네?"

"저 냉장고 말이야, 참 예쁜데."

그녀의 어머니의 말에 노형진은 괜히 미안해졌다. 딱 봐도 마음에 드는 것 같은데 자신 때문에 사지 않는 듯했기 때문이다.

"마음에 드시면 사세요."

"에이, 무슨. 아직 냉장고 멀쩡해."

눈치 없는 아버지는 또 한 소리 했다가 어머니한테 눈총을 받으면서 슬쩍 시선을 돌렸다.

"그럴까?"

"네. 뭐, 제가 싸운다고 해서 사지 말라고는 말 못 하겠네요."

하긴 그가 봐도 이번에 나온 냉장고의 디자인은 무척이나 좋았다. 아름답다는 표현이 어울릴 만큼 파격적인 디자인이었다.

"광고를 보니까 유럽의 유명 디자이너의 작품이라고 하더구나. 무려 40억이나 줬대."

"그래요?"

"그래, 그러니까 저렇게 예쁘지. 아휴, 예뻐라."

어머니는 다시 채널을 돌려 텔레비전을 바라보았다. 어지간히도 마음에 드는 모양이었다.

하긴 한국 사람들은 유독 아름답다는 것에 대해 많이 약하다. 그럴듯하다는 것에 많이 집중하는 민족이다 보니 저런 디자인이 잘 먹힐 수밖에 없었다. 냉장고라고 하지만 마치 실내에 조각상이 있는 듯한 느낌.

"쩝."

노형진은 입맛을 다셨다. 아무래도 이번 가전 대전의 승자는 성화가 될 것 같았다.

'어쩔 수 없지. 결국은 노력하는 자가 승리하니까.'

노형진은 그렇게 무심하게 생각할 뿐이었다.

⚖️

"이 새끼야! 꺼져!"

"으억!"

노형진은 출근한 후 다른 사건으로 어딘가에 가는 중이었다. 그러던 중 성화의 본사의 건물을 지나갈 때였다.

"이런 사기꾼 새끼를 봤나!"

"사기꾼이라니! 이건 내 꺼라고! 내 꺼!"

"이 새끼를 진짜! 야! 뭐해? 저 미친놈 끌어내!"

성화의 경비원으로 보이는 사람들이 한 젊은 남자를 마구 끌어내더니 보도블록 앞에 집어 던졌다.

"어디서 사기를 치려고, 이 새끼가!"

"진짜라고요! 내 작품이라고요! 내 작품!"

그는 절규하든 자신의 종이를 꺼내서 던졌다. 그게 허공을 날아갔지만 경비들은 그저 무시하면서 그 안으로 들어갈 뿐이었다.

"응?"

노형진은 무심결에 그렇게 흩날리는 종이를 집어 들었다가 고개를 갸웃했다.

'뭐지.'

눈에 익은 디자인이었다. 고급스러운 패턴의 선과 문양. 그리고 그걸 뒤에서 보조해 주는 붉은색의 배경.

'이거 냉장고 아냐?'

휴가 기간 내내 어머니가 그 물건만 나오면 눈을 떼지 않은 덕분에 노형진은 그 디자인을 아주 잘 기억하고 있었다.

그런데 그 그림에 나온 디자인은 그가 본 것 그대로였다. 물론 그림인 만큼 약간의 변화가 있기는 했지만 그렇다 해도 거의 동일한 작품이라고 해도 될 만큼 비슷했다.

'미친놈인가?'

노형진은 일단 그걸 버리고 갈 수는 없어 주변에 있는 종이들을 줍기 시작했다. 일단은 허망하게 있는 그에게 주워주고 가는 것이 예의라고 생각했기 때문이다. 하지만 거기에 있는 디자인들을 보면서 노형진은 점점 이상한 점을 느꼈다.

'이건 김치냉장고 아냐? 이건 에어컨인데? 얼씨구? 이건 전자레인지잖아?'

노형진은 그걸 보면서 고개를 갸웃했다. 그림들은 한 가지 공통점이 있었다. 바로 성화에서 요즘 대대적으로 홍보하는 유러피안 스타일 홈 컬렉션의 디자인들이라는 것이다. 그런데 그걸 가지고 자신의 작품이라고 외치는 저 남자는 뭐란 말인가?

생각보다 젊어 보이는 그 남자는 멍하니 입구에 서서 성화를 바라볼 뿐이었다.

"이봐요. 이거."

노형진은 그에게 정리된 스케치를 건넸다. 그런데 그는 그저 멍하니 그걸 바라볼 뿐이었다.

"받아요."

"이제는…… 필요 없습니다……."

힘없이 중얼거리는 그의 모습에 노형진은 뭔가 있다는 생각이 들었다. 그는 절망한 모습이었다.

그런데 미친놈은 절망하지 않는다. 분노한다. 그래서 남에게 복수를 외친다. 그런데 절망은 자신에게 향하는 것이다.

즉, 그가 절망한다는 것은 그가 미친놈은 아니라는 뜻이다.

"이거 당신 거라면서요."

"이제는 소용이 없어요."

고개를 푹 숙이고 멀어지려는 남자. 노형진은 그의 어깨를 잡고는 일단 말을 건넸다.

"소용이 없는 게 아닐 것 같은데요. 전 변호사입니다. 이야기를 좀 들어 볼 수 있을까요?"

노형진에게 다가오는 강력한 느낌. 소위 말하는 촉이 여기에 뭔가 있다는 것을 알려 주었다.

'하긴 성화가 바뀌는 게 아니지.'

그들의 행동은 언제나 비슷했다. 물론 요즘 들어 노형진 때문에 위법 행위를 저지르려 하지 않는다지만 그건 어디까지나 대룡에 대한 것일 뿐이다. 다른 사람에 대해서는 그렇게 신경을 쓸 리 없다.

"변호사? 하."

그의 얼굴에 드러나는 비웃음.

하긴 상대는 조그마한 기업도 아니고 한국의 굴지의 대기업인 성화다. 그런데 변호사가 무슨 힘이 있겠는가?

"필요 없습니다. 이길 수도 없고요……. 소송을 할 돈도 없어요."

상대방이 돈이 없다면 가차없는 게 변호사다.

더군다나 자신이 소송을 한다고 하면 상대방이 성화가 되는데, 그런 경우 변호사가 얼마나 큰돈을 요구할지는 모를 일이었다.

'음……'

노형진은 더 이상 말해 봐야 그가 지금으로써는 생각이 없을 거라는 사실을 깨달았다. 더군다나 자신은 다른 사건 때문에 바로 떠나야 하는 상황.

"일단은 상대방이 성화인 것 같은데 이걸 가지고 가세요. 제가 속한 곳은 새론입니다. 그곳을 인터넷에서 찾아보시면 제가 몇 번이나 성화를 이겼다는 걸 알 겁니다."

"새론?"

"네, 그리고 성화의 라이벌인 대룡과도 사이가 좋습니다. 돈이 문제라면 적당한 이유라면 그곳에서 도와줄지도 모릅니다."

그 말에 멍하니 노형진의 명함을 바라보는 남자.

노형진은 일단 자신의 명함을 준 것으로 할 수 있는 것은 다 했다.

"무슨 일이 벌어졌는지 모르겠지만 일단 연락을 주세요. 그 뒤에 이야기를 들어 보죠."

노형진이 마지막까지 그에게 할 수 있는 말은 그것뿐이었다.

⚖️

"여보세요."

노형진이 그날의 일을 잊어버리고 일한 지 나흘.

평소처럼 일을 정리하던 그에게 온 전화는 다름 아닌 그 남자에게서 온 것이었다.

—여보세요? 혹시 노형진 변호사님 전화인가요?

"그렇습니다만? 누구십니까?"

—그 얼마 전에 거리에서 만났던 사람입니다. 전광구라고 합니다. 그, 저기, 성화 본사 앞에서 만났던…….

혹시나 기억하지 못한다고 할까 봐 작게 중얼거리는 목소리. 하지만 노형진은 그를 기억하고 있었다. 그런 일은 쉽게 잊어버릴 수 없으니까.

"아! 그때 그분? 기억합니다. 전광구 씨라고요?"

—네. 인터넷에서 찾아보니…… 유명한 분이시더라고요. 새론이 몇 번이나 성화에서 이기기도 했고요.

"뭐, 일이니까요."

—그래서 말인데 제가 도움을 받을 수 있을까요?

전광구는 포기하고 있다가 지푸라기라도 잡는 기분으로 노형진의 이름과 새론에 대해 인터넷에서 검색했다. 그러자 새론이라는 법무 법인이 대룡과 함께 성화와 전쟁 아닌 전쟁을 치르고 있다는 글을 볼 수 있었다.

자세한 이야기는 감춰진 채로 새어 나가지 않았지만 대룡의 회장이 성화의 딸인 아내와 헤어진 뒤 두 기업이 사사건건 충돌하는 것은 조금만 기업 쪽에 관심이 있는 사람이면 알 수 있는 정보라 그에 대해 정리한 글들이 제법 있었기 때문이다.

'어쩌면……'

사실 대롱도 대기업인 만큼 그다지 믿음이 가지는 않았다. 하지만 차라리 다른 곳에 줬으면 줬지, 성화에게 주고 싶지 않다는 생각에 그는 마지막 용기를 쥐어짜 노형진에게 전화한 것이다.

"이야기를 일단 들어 봐야 합니다만 성화를 상대하는 것이라면 아마도 대롱에서 기꺼이 도와 드릴 겁니다."

성화라면 이빨을 빠득빠득 가는 유민택이다. 그런 그가 성화에게 조금의 타격이라도 입힐 수 있다면 변호사비를 아낄 리 없다.

ㅡ그럼 제가 그쪽으로 가야 하나요?

"네, 오십시오. 기다리겠습니다."

노형진은 전화를 끊고 심호흡했다. 성화와의 싸움이 다시 시작되고 있음을 전율하는 몸이 먼저 느끼고 있었다.

⚖️

"반갑습니다. 노형진입니다."

"에…… 전광구라고 합니다."

전광구는 조심스럽게 말했다. 보아하니 그는 그다지 말을 잘하는 사람은 아닌 듯했다.

"그래서 그날 상황을 보니 디자인을 빼앗긴 모양이시네요. 안 그런가요?"

"네……."

그는 우물쭈물 대답했다.

'이런 이런, 이렇게 소심하니 제대로 대응도 못하지.'

이렇게 소심한 사람이 성화의 본사에까지 갔다는 것은 그만큼 억울하다는 뜻이리라.

"그날 디자인을 보니 아무래도 성화에서 요즘 적극적으로 밀고 있는 유러피안 스타일 홈 컬렉션을 디자인하셨나 봅니다?"

"네, 제가 한 겁니다."

그는 힘들여서 말했다.

"그런데 이게 어쩌다가 성화의 손에 들어간 겁니까?"

"그게……."

대략 1년 반쯤 전에 성화에서는 가전제품 디자인 공모전을 한 적이 있다고 한다. 그런데 그 상금이 무려 도합 5억인데다 채택된 경우 전속 디자이너로 고용한다는 조건이 걸려 있어 그를 비롯한 수많은 무명 디자이너들이 지원했다는 것이다.

"그럼 이게 그때 제출하신 겁니까?"

"네, 그때 제가 제출한 겁니다."

"그 후에 연락이 없었고요?"

"네, 탈락자에게는 별도의 연락이 없다고 해서요."

"음……."

노형진은 그 말을 들으면서 얼굴을 찡그렸다.

"혹시 원본을 요구하진 않았나요?"

"맞습니다. 원본을 요구했습니다."

그날 허공에 날아다녔던 그림들은 모두 사본이었다. 즉, 복사한 물건이라는 것.

'이거 전형적인 권리 빼앗기인데?'

권리 빼앗기란 일부 대기업에서 계획적으로 쓰는 방식을 말한다.

원래 디자인의 가격은 생각보다 높다. 한국에서는 디자인이 별거 아닌 것처럼 디자이너들을 무시하지만 대부분의 사람들이 물건을 고를 때 가장 먼저 보는 것이 디자인이다. 현대의 공산품들의 성능은 대부분 비슷하니까.

'제대로 당했군.'

심지어 대기업의 경우 내부 법무 팀에서 만든 권리 빼앗기 매뉴얼이 있다. 즉, 상대방에서 그 권리를 빼앗기 위한 일종의 과정마저도 하나의 시스템화되어 있었던 것이다.

'그중 하나가 원본 받기지.'

원래 손으로 그리는 디자인은 그때마다 미묘하게 달라져서 여러 개를 만들 수가 없다.

미래에는 많은 사람들이 태블릿을 쓰고 이메일로 파일을

보내는 등 흔적을 남길 방법이 많아지고 대기업의 그런 행동이 인터넷으로 널리 알려지면서 권리를 확보하기 위해 스캔하는 등 사람들이 노력해서 많이 나아졌지만 아직은 그런 것에 대해 잘 모를 시점이다.

이런 시점에서 원본을 넘긴다면 자신이 원작자라는 것을 증명하는 것은 불가능에 가깝다.

'원본을 받으면 그가 가진 것은 사본이니까.'

당연히 법적으로 싸울 때 원본을 가진 사람이 유리할 수밖에 없다. 사실 디자인을 받을 때는 이메일로 파일을 받는 게 편함에도 불구하고 대기업들이 색감 같은 걸 이유로 원본을 요구하는 데에는 다 이유가 있는 것이다.

"그 후에는요?"

"그 뒤에는 연락이 끊어졌습니다. 당연히 떨어진 줄 알았지요."

따로 떨어진 사람은 연락을 주지 않는다는 규정을 알고 있었던 그는 떨어진 것으로 생각했다.

"그런데 이상한 소문이 돌더군요."

"이상한 소문?"

"네."

갑자기 디자이너들 사이에서 돌기 시작하는 이상한 소문.

바로 자신이 제출한 디자인으로 물건들이 나오기 시작했다는 것이다.

처음에는 작은 물건부터 시작된 이야기는 점점 커졌고 이제는 아주 대놓고 자신의 작품이 그들의 상품으로 나오기 시작했다는 것.

"그래서 따졌더니……."

"증거가 있느냐는 식으로 나왔군요."

"네."

증거가 있느냐는 식으로 나올 거라 예상했던 노형진이다.

"경찰에 신고는 해 보셨습니까?"

"네…… 그런데……."

"'혐의 없음.'이겠지요."

"……."

당연하다. 한쪽은 이름도 없는 무명 디자이너, 다른 한쪽은 대한민국을 쥐고 흔드는 거대한 재벌. 경찰이 어느 쪽으로 기울어질지는 뻔한 일.

"민사는요?"

"저보다 몇 사람이 먼저 걸었지만…… 다 졌습니다."

그 말에 노형진은 고개를 끄덕거렸다. 전형적인 수법이었다.

"제대로 당하신 겁니다. 대기업에서 제법 오래전부터 쓰던 방식이죠."

"오래전요?"

"네, 그들은 그걸 위한 내부 팀과 규정까지 있으니까요."

방법은 간단하다. 상대방이 개인인 경우 힘으로 찍어 누른다. 그럼 어쩔 수가 없다. 개인이라면 거대한 기업을 상대로 이기는 것은 불가능에 가까우니까.

'미래처럼 인터넷에 몽땅 까발려지는 시대도 아니고 말이야.'

미래에는 그런 방법이 가능했다. 하지만 지금은 아직까지 그런 곳이 없다. SNS가 제 능력을 발휘하기는 시간이 좀 더 걸리는 시점.

"개인은 그런 식으로 빼앗아 버립니다. 증거 자체를 빼앗는 거죠. 대기업에 들어갈 수 있다는 희망 때문에 많은 사람들이 당하죠."

그에 비해 상대방이 중소기업이라면 그건 좀 복잡하다. 하지만 복잡하다는 게 결코 빼앗지 못한다는 것은 아니다.

첫 번째는 그들에게 하청을 주는 것이다. 그리고 A/S 같은 이유를 들어서 그 기계나 물건에 대한 설계 도면이나 정보를 요구한다.

그 후에는 그걸 그들과 결탁한 다른 제3자인 하청 업체에 줘 버린다. 그러고는 중소기업에서 뭐라고 하든 제3자와 해결하라고 하면서 발뺌한다.

당연히 대기업에 공급하는 것은 제3자다. 결국 자금 압박으로 그 중소기업은 도산한다.

두 번째는 그들이 하청받을 만한 기업이 아니거나 개별적으로 사업하는 곳을 대상으로 쓰는 방법으로, 무조건 베껴 버리는 것이다. 그 후에 소송이 들어가면 엄청난 뇌물과 압력으로 시간을 질질 끌어 버린다.

재판을 길게 끄는 것은 어려운 일이 아니다. 1심에서 1년 이상 끌고 2심에서 또 1년 이상 끌고 3심까지 가면 최소 3년은 끌 수 있다. 그렇다면 5년 정도 지나는데 그때는 모든 수익을 대기업이 가지고 간 후다.

물론 그 후에 이긴다고 해도 벌금 몇백만 원을 내면 손해는 없다.

그에 비해 중소기업은 그 5년 동안 대기업의 압력과 싸워서 버텨야 하는데 그런 곳은 거의 없다. 설사 살아남았다고 해도 형사가 끝나면 민사가 시작되는데 그 민사의 경우 또다시 지루한 시간 끌기가 계속된다. 3심쯤 되면 그 기술은 이제 가치가 없는 낙후된 기술이 되어 법원은 그 점을 이유로 터무니없이 낮은 배상금을 책정하는 것이다.

'하여간 개놈의 자식들.'

이건 단순히 누군가 만들어 낸 것이 아니라 대기업 내부에 있는 시스템이다. 철저하게 남의 것을 빼앗기 위해 법의 허점을 이용해 만들어 낸 사악한 규칙.

"그러면 전광구 씨 말고도 다른 피해자들이 많다는 거죠?"

"네…… 소문으로는요. 아무래도 디자이너들을 통합해서 움직이는 조직이 없으니까요."

"흠……."

거대 디자인 회사들이라면 당연히 저들과 싸울 수 있다.

'그러니 아직은 힘없는 재능 있는 디자이너를 노리겠지.'

사실 디자인은 생각보다 그 값어치가 높다. 당장 유명 디자이너에게 뛰어난 디자인을 받기 위해서는 수십억의 돈을 줘야 한다. 물론 팔릴 때마다 로열티는 따로다.

하지만 이 작전에 들어간 돈은 얼마나 될까? 아무리 높게 잡아 봐야 5천이 되지 않을 것이다.

"도와주실 수 있나요?"

전광구는 절망감 속에서도 마지막 희망을 가지고 물어봤다.

"아마도요."

결국 이번 사건은 대룡이 나서야 할 것이다. 그리고 그가 아는 유민택이라면 이런 기회를 놓칠 사람이 아니었다.

"그런 게 있었던가?"

유민택이 그렇게 말하자 노형진은 피식 웃었다.

"모른다고는 하지 않으실 텐데요?"

"크흠……."

그 방법은 우리나라의 모든 대기업들이 쓰던 방법이다. 대룡조차도 한때 그 방법을 썼다. 노형진이 알려 준 상생이 도리어 더 돈이 된다는 것을 알고는 그런 행동을 멈췄지만 말이다.

"그래서 도와 달라는 건가?"

"도와 달라는 게 아니죠. 명확하게 말씀드리지만 이건 거래입니다. 제가 성화의 싸움에 도움이 될 만한 무기를 가지고 왔으니까요."

"거참, 우리 사이에 그렇게 빡빡하기는."

"개인적으로는 모르지만 공적으로는 확실하게 하는 게 좋지요."

유민택은 안타까운 듯 입맛을 다셨다.

'우리 사람이었다면 참 큰일을 했을 텐데.'

하지만 이제는 자신이 품기에는 너무나 큰 사람이 되었다. 막말로 투자 쪽에서는 자신조차도 눈치를 볼 정도로 큰 투자자가 되지 않았가?

"뭘 요구하는 건가?"

"간단합니다. 디자인협회를 만들어 주십시오. 당연히 그 전속 법률 팀은 우리 새론이 되어야겠지요."

"힘을 가진 조직을 만들 생각인 거군."

"네."

"흠……."

"좋게 생각하십시오. 아마 아실 텐데요?"

"그렇기는 하지."

점점 디자인의 가치는 높아지고 있다. 그런 반면 기술적인 발전으로 인한 성능은 그다지 큰 차이를 보이지 않고 있다.

컴퓨터의 경우에는 그 성능 차이가 심하지만 에어컨이나 냉장고 등은 결국 10년 전이나 5년 전이나 지금이나 똑같다. 그렇다면 사람들이 보는 것은 디자인뿐이다.

"앞으로는 디자인의 가치가 점점 더 커질 겁니다. 그러니 그런 디자이너들과 친해진다고 해서 손해 볼 건 없지요."

"그거야 그런데 말이지."

아쉽다는 얼굴이 되는 유민택.

그럴 수밖에 없다. 지금까지 대한민국에서 대기업이 갑이고 그런 디자이너들은 을이었다. 그런데 동급으로 대우하라니.

"동급으로 대우하는 그 방식이 얼마나 큰 도움을 주는지 아시지 않습니까?"

"그건 그렇지."

기업의 이미지가 좋아지면서 매출도 확실하게 늘었다. 연예 기획사들을 묶은 협동조합의 경우 계속해서 새로운 스타를 만들어 내면서 적지 않은 수익을 만들어 내고 있다.

사실 대룡에서 해 주는 건 별로 없다. 건물을 관리해 주는 것과 초반에 인력을 조금 지원하는 것 정도. 하지만 그것만으로도 재능 있는 사람들은 마음껏 자신의 재능을 꽃피우고 있었다.

"이제 기계적이고 획일적인 시대에서 개개인의 재능을 봐야 하는 시대로 넘어가고 있습니다. 거기에 적응하지 못하면 대기업은 그저 공룡일 뿐입니다."

"공룡이라……."

대한민국의 큰 문제점. 그건 다름 아닌 거대함이다. 시스템화되고 관료화되면서 제대로 적응하지 못하는 것이다.

"좋네. 단, 우리도 조건을 달아야지. 만들어 주고 지원은 해 줄 수 있지만 그에 대한 수익은 보장해 줬으면 하네."

"중계하시는 건 어떨까요?"

"중계?"

"네, 어떻게 보면 디자이너들이 가장 필요로 하는 것이 그것일 겁니다. 또한 가장 수익을 많이 내는 방법이기도 하고요."

"그러니까 우리보고 중간에서 매니저 역할을 하라는 뜻인가?"

"그렇습니다."

다른 곳도 아닌 대룡이 디자인을 중계하는 사업을 한다?

얼핏 보면 그가 다 먹는 것 같지만 실상을 보면 아니다. 무명 디자이너들은 많은 경우 일해 줘도 제대로 돈을 못 받는 경우가 대부분이다. 소송해도 방법도 모르고 시간도 걸리며 혼자다 보니 이기기도 힘들다.

"하지만 미친놈이 아니라면 대룡에게는 싸움을 걸지 않겠지요."

"음……."

대룡은 자신들의 이름을 빌려주는 조건과 소송을 지원해 주는 조건으로 그들의 수익의 얼마를 받게 된다.

"제대로 디자인이 터지면 얼마나 큰 돈을 버는지는 아시지요?"

"그렇기는 하지."

세계적인 브랜드들에는 그 브랜드를 대표하는 디자인이 있다. 그런 만큼 디자인의 가치는 절대적이다.

"그리고 그 소송은 새론에서 전담하는 게 조건이겠고 말이야."

"거래니까요."

노형진 역시 손해 볼 생각은 없다. 세계적인 디자인 소송은 수임료만 수십억에 달하는 사건들이다.

"좋네."

유민택 역시 손해 보는 게 없다. 일단 성화에게 한 방 먹일 수 있을 뿐만 아니라 새로운 수익 모델을 얻게 되는 거니까.

'이로써 또 하나 만들었군.'

노형진은 속으로 미소를 지었다.

대한민국에는 제대로 된 디자이너 단체가 없다. 그렇다 보니 디자이너들의 고통이 심했다. 심지어 디자이너가 다른 디자이너를 착취하기까지 했다.

'하지만 실력이 없는 건 아니란 말이지.'

디자이너들을 대우하지 않는 문화가 그렇게 만든 것이다. 하지만 대룡에서 그들을 대우하게 된다면 다른 곳들 역시 그렇게 할 수밖에 없을 것이다.

"단! 성화 녀석들의 주머니에서 돈을 쏙쏙 빼 줘야 하네."

"당연하지요. 제가 아주 그 녀석들 주머니를 자동 현금출

금기로 만들어 주겠습니다. 하하하."

노형진은 자신 있게 웃었다.

노형진은 소송을 위해 몇 가지 사전 준비를 하기 시작했다.

"가장 중요한 것은 저들의 행동입니다. 일단 저들이 주장하는 유러피안 스타일 홈 컬렉션의 경우 말이 유러피안이지, 결국은 국내 작가인 전광구 씨의 작품입니다."

"음…… 그런데 그게 확실한가?"

함께 사건을 맡기로 한 김성식은 턱을 쓰다듬었다. 이번 사건은 그와 손예은이 함께하기로 했기 때문에 그들은 회의에 들어와서 함께 자리하고 있었다.

"자네도 알겠지만 결국 이 디자인의 원본을 가진 사람은 성화네."

돌려 말하는 거지만 전광구가 진짜 원작자인지 알 수 있는 방법이 있느냐는 것이다. 만일 그게 아니라면 자신들은 졸지에 사기꾼의 손아귀에 놀아나는 것이다.

"네, 확실합니다."

"증거가 있나?"

노형진은 이미 전광구에 대해 조용히 사이코메트리를 했고 그가 진실을 말하고 있다는 걸 알고 있었다. 하지만 그걸 모르는 다른 사람들은 증거가 필요했다.

"우리가 해야 하는 일이 그 증거를 모으는 겁니다."

"끄응…… 이거 어째 쉬운 일이 아닌데."

원본이 성화에 넘어간 상태에서 그들이 도둑질을 했다는 증거를 구하는 것은 쉬운 일이 아니다.

"그래서 전 다른 곳을 한번 공략해 보려고 합니다."

"다른 곳?"

"이걸 보시죠."

노형진은 프린트된 컴퓨터 화면을 사람들에게 김성식에게 건넸다. 김성식은 그걸 보고 고개를 갸웃했다.

"이거 성화의 광고 아닌가?"

"네."

프린트된 내용은 성화에서 요즘 밀어주는 유러피안 스타일 홈 컬렉션에 관련된 내용이었다.

"이게 왜?"

"그 부분을 보시면 요즘은 볼 수 없는 부분이 있습니다."

"볼 수 없는 부분?"

한참 그 부분을 읽어 보던 김성식은 고개를 갸웃했다. 지금은 볼 수 없는 부분이라는 것은 너무 막연했기 때문이다.

"도대체 어디가 다르다는 건가? 솔직히 말해 우리가 이런 광고를 보고 다니지는 않으니 난 잘 모르겠는데?"

그 말에 듣고 있던 송정한 역시 고개를 끄덕거렸다.

"나도 잘 모르겠는데?"

하지만 손예은은 역시 여자라서 그런지 그런 부분을 날카롭게 캐치해 냈다.

"사람 이름이 들어 있군요."

"사람 이름?"

"네, 요즘 성화의 광고에는 그냥 전통 유러피안 스타일 홈 컬렉션이라고 나오고 있죠. 하지만 여기 보세요."

아래쪽을 가리키는 손예은. 다른 변호사들은 그 부분을 확인했다. 그리고 거기에는 로라 잔느 작가의 21세기 신개념 어쩌고저쩌고하는 문구가 있었다.

"응? 이게 누구야?"

"모릅니다. 하지만 우리가 노려야 하는 부분은 이 부분이라고 생각합니다."

이 사람이 진짜 실존 인물인지 알 수 없다. 하지만 실존 인물일 수도 있다.

"어느 쪽이든 이 사람이 이걸 디자인한 거라고 한 거라면 그에게 어떤 이야기든 들을 수 있을 겁니다. 설사 없다고 하더라도 그걸 증명할 수 있을 겁니다."

"좋은 생각이기는 한데."

김성식은 고민에 빠져 한참 그걸 바라보았다. 그런데 그런 식으로 하는 것에는 큰 문제가 있었다.

"그런데 문제는 이런 사람이 어디 한두 명이겠냐는 거야.

로라 잔느라는 이름을 가진 한 사람이 아닐 텐데 말이야. 누 군 줄 알고?"

어찌 보면 서울 한복판에서 김철수나 박영희를 찾는 식의 행동이 될 수도 있다. 그렇게 된다면 아무런 소득도 없을 것 이다.

"그 부분은 좀 생각해 봤는데 아무래도 저런 이름은 프랑 스식 이름이니까 그쪽으로 보면 될 것 같네요."

"프랑스?"

"네."

프랑스. 전 세계 패션의 중심이라 불리는 곳.

"프랑스는 패션이나 디자인이 발달한 나라입니다. 당연히 그런 디자이너들을 등록하고 보호하지요."

"하지만 한두 명이 아닐 텐데?"

"그렇다고 해도 로라 잔느라는 이름을 가진 사람이 많이 줄어들 겁니다. 그리고 실제로 존재하지 않는 사람이라면 우 리로서는 그 부분을 파고들면 될 거라 생각합니다."

"로라 잔느라."

프랑스에 있다는 이름 모를 여자 디자이너. 어쩌면 그녀가 이번 재판의 승패를 쥐고 있을지도 모른다.

"알았네. 한번 찾아보도록 하지."

송정한은 고개를 끄덕거렸다.

"이참에 프랑스 여행을 해 보는 것도 나쁘지 않겠지."

그는 그렇게 말하면서 미소를 지었다.

⚖

프랑스. 전 세계 패션의 수도로 불리는 곳.

하지만 그 프랑스에 처음으로 발을 디딘 노형진을 맞이한 것은 오래되었다는 느낌이었다.

"서울하고는 다르군요."

"역사에서 배우는 곳이니까요."

"그런데 손예은 변호사님은 기분 안 좋습니까?"

"별로요."

"프랑스, 그것도 파리인데요?"

"놀러 온 게 아니잖습니까?"

여자들은 한 번쯤 가고 싶어 하는 곳이 바로 프랑스 파리이다. 하지만 손예은은 마치 옆 동네에 산책하러 나왔다는 표정으로 주변을 바라볼 뿐이었다.

'이거 이거, 원래 이런 사람이긴 하지만.'

여자치고는 무심하고 차가운 타입인 그녀다. 사실 그녀가 여자라는 이유로 다른 사람들이 프랑스에 오는 것을 양보했다. 그런데도 이렇게 시큰둥하다니.

'다른 분들이 알면 대성통곡하겠지.'

프랑스는 놀러 오기는 무척이나 힘든 동네이니 말이다.

"그나저나 이제는 어디로 가야 하나요?"

"일단 프랑스 디자인협회에 연락해 놨습니다. 그들에게 협조를 구하지요."

"네."

노형진은 바로 택시를 타고 그곳으로 향했다. 다행히 택시도 알고 있을 정도로 유명한 곳이라서 어렵지 않게 찾을 수가 있었다.

"반갑습니다. 노형진입니다."

"클라라라고 합니다. 그런데 디자이너를 찾으러 오셨다고요?"

"네, 사실은……."

노형진은 이런저런 이야기를 하면서 사정을 설명했다.

"곤란한 일이군요."

클라라는 뭔가 마음에 안드는 듯 얼굴을 찌푸렸다.

"디자인은 작가가 영혼을 담아 내는 겁니다. 그런데 그 영혼을 그런 식으로 빼앗다니요. 그건 악마나 다름없습니다."

"뭐…… 좀 그런 게 있지요."

노형진은 씁쓸한 얼굴이 되었다. 무형의 무언가는 인정하지 않는 한국이 씁쓸한 문화의 이면. 그러면서도 끊임없이 그런 무형의 무언가를 칭송한다.

'그러고 보니 어떤 사람이 그랬지.'

한국 사람은 전 세계에서 가장 책을 읽지 않으면서 노벨문학상만을 갈구한다고 말이다. 전형적인 1등 제일주의가 낳은 폐해다.

"그래서 그분의 말씀을 들어 보려고 하는데요. 혹시 찾아 볼 수 있을까요?"

"일단 저희도 연락을 받고 로라 잔느라는 이름을 찾아봤습니다. 저희 쪽에 등록되어 있는 로라 잔느는 총 열여덟 명입니다. 그중에서 열 명은 의상 디자이너입니다. 이쪽과는 관련이 없지요. 나머지 여덟 명 중 두 명은 화가이구요."

"음……."

생각보다 숫자가 확 줄어드는 느낌이었다.

"남은 건 여섯 명뿐이군요."

"아니요. 없습니다."

"네?"

생각하지도 못한 그녀의 부정에 노형진은 깜짝 놀랐다. 없다니?

"이미 그분들에게 전화해서 혹시 성화라는 기업에 대해 아는지 그리고 디자인을 제공했는지 물어봤습니다. 하지만 아는 분이 없더군요."

"그럼?"

"존재하지 않는 사람이거나 우리 쪽에 등록되어 있지 않은 사람이겠지요."

"등록되지 않은 사람도 있습니까?"

"자신이 원하지 않는 사람도 있고 아직은 제대로 된 작품을 내지 못하는 사람도 있고요."

클라라의 말에 따르면 자신이 예술가라고 주장한다고 해서 다 받아 주지는 않는다는 것이다. 일단 그의 작품이 어느 정도 인정받아야 그를 등록시켜 준다는 것.

"그건 저도 예상했습니다만 성화에서 그런 무명작가를 쓸 거라고는 생각하지 않았는데요."

"저 역시 그렇습니다. 한국의 대기업이라고 해서 그래도 유명 작가를 쓸 거라 생각했습니다만 아무리 찾아봐도 그들과 계약한 로라 잔느라는 작가는 없습니다."

노형진은 약간 곤란한 얼굴이 되었다.

'이러면 안 되는데.'

제대로 계약한 작가를 찾아 그의 작품이 아니라는 사실을 확인하는 것이 가장 좋다. 아예 존재하지 않는 사람이라면 저들이 기업 기밀이라면서 공개하지 않거나 다른 사람을 로라 잔느라고 들이밀어도 어쩔 수가 없으니까.

"성화라는 기업이 로라 잔느와 계약한 게 맞습니까?"

"맞습니다. 광고에도 그렇게 나왔구요."

"이상하군요."

노형진은 심각한 얼굴로 생각에 잠겼다.

'아예 존재하지 않는 사람일까? 하지만 아예 존재하지 않는 사람을 새로 이름을 만들어서까지 홍보하는 건 좀 이상한데?'

그냥 유러피안 홈 스타일이라고 말하면 된다. 그런데 왜 굳이 이름을 넣었을까?

'작가가 프랑스 사람이라는 걸 알려서 이슈를 만들려고 한 건가? 아니야……'

이렇게 대대적으로 홍보하면 그가 존재하지 않는 사람이라는 게 알려질 가능성 역시 존재한다. 그렇다면 다른 이유가 있을 가능성이 높다.

'로라 잔느……라……'

노형진은 곰곰이 생각할 때였다. 그런 노형진에게 새로운 길을 열어 준 것은 생각지도 못한 손예은의 한마디였다.

"그러면 다른 무명작가들을 만날 수는 없나요?"

"글쎄요. 찾아볼 수는 있지만 시간이 오래 걸릴 텐데요? 전국에 있는 데다가 무명작가들 중에서 로라 잔느라는 이름을 쓰는 사람도 많을 테고요."

"그럼 대학 쪽에 알아보면 안 될까요?"

"프랑스는 한국과 다릅니다. 굳이 대학을 나오지 않아도 실력이 있으면 다 인정해 줍니다."

살짝 기분 나빠하는 얼굴이 되는 클라라.

하긴 한국은 일종의 세력이 있어서 아무리 재능이 있어도 대학을 나오지 않고 계파가 없으면 평가하는 사람들이 낮게 봐서 예술가로서 자리 잡기 힘들다.

"음."

하지만 그 말에 노형진에게 새로운 가능성을 열어 줬다.

"대학 쪽이라…… 어쩌면 대학 쪽을 알아봐야겠군요."

"아까도 말씀드렸다시피 우리나라는 대학에 다닌 것과 상관없이 능력이 있으면 예술가로 우대합니다."

"들었습니다. 하지만 그 로라 잔느라는 사람과 계약한 곳은 성화라는 한국 기업입니다. 그들의 마인드는 결국 한국적일 수밖에 없지요."

"아!"

만일 성화가 아무리 무명작가와 계약했다고 하더라도 결국은 그 마인드에서 벗어나지 않았을 것이다.

'발로 뛸 인간들이 아니지.'

그럴 녀석들이라면 애초에 이런 범죄를 저지르지 않았을 것이다. 결국 무명작가를 고용할 수 있는 가장 빠른 방법은 다름 아닌 대학이었다.

"그런 걸 알아볼 수 있는 곳이 어디 있죠?"

"전국에 대학이 많은데요?"

"성화라면 멀리 가는 걸 귀찮아할 겁니다. 파리 내부나 근교에서 하겠지요."

"그렇다면 프랑스 파리 8대학이겠군요."

"8대학?"

손예은은 고개를 갸웃했다. 가능성이 있는 대학을 말해 달라는데 난데없이 숫자로 부르다니?

"한국과 다르게 프랑스는 교육의 평등을 주장합니다. 그래서 이름으로 차별하기보다는 그냥 번호로 부릅니다."

물론 각 대학마다 정식 명칭이 있기는 하다. 소르본대학 같은 식으로 말이다. 하지만 프랑스는 학벌 타파를 위해 공식적인 자리에서는 번호로 말하는 게 보통이었다.

"8번 대학이면?"

"그쪽이 예술 디자인 쪽 대학입니다."

또 다른 특이한 점은 우리나라처럼 종합대학이 아니라는 것이다. 한국의 대학은 기본적으로 모든 것을 가르칠 수 있다. 하지만 프랑스의 대학들은 심화 과정의 개념이 강해 한 대학은 한 분야만 전문적으로 가르친다.

"그쪽으로 한번 물어보시죠. 아마 졸업생 중에서 로라 잔느라는 사람을 찾을 수 있을지도 모르지요."

"네."

노형진은 클라라에게 감사의 인사를 건네고는 바로 그곳으로 향했다. 하지만 생각처럼 쉽지 않았다.

"그건 알려 드릴 수 없습니다."

"하지만……."

"말씀드렸다시피 학생들의 개인 정보입니다. 정식으로 공문을 보내시면 모를까, 그냥 와서 알려 달라고 하시면 알려 드릴 수가 없네요."

"끄응……."

혹시나 했지만 역시나였다. 대학의 직원은 공문을 보내라는 사실을 명확하게 했다. 노형진이 가진 대한민국의 변호사 신분은 여기서는 아무런 효과도 없다.

'하긴 프랑스 변호사라고 해도 별수 없겠지.'

프랑스 국민들은 혁명을 통해 스스로 권리를 쟁취한 사람들이다. 그래서 어떠한 이유나 명확한 증거도 없이 권력이 개인의 영역을 침해하는 것을 극도로 싫어한다.

"알겠습니다."

결국 노형진은 바깥으로 나와 새론에 이야기해서 공문을 정식으로 보내 달라고 했다.

"그럼 내일이면 올까요?"

손예은의 말에 노형진은 고개를 흔들었다.

"오는 거야 내일이면 도착하겠지만 우리가 기록을 보려면 일주일은 걸릴 겁니다."

"일주일요?"

"네."

공문이 온다고 해도 바로 되는 게 아니다. 그걸 보고 확인하고 다시 승인받는 시간이 걸린다.

"그럼 그때 다시 올 수는 없나요?"

"좀 멀죠?"

한국에서 프랑스 파리까지의 거리는 아주 멀다. 다시 오기는 힘들다.

"결국 여기서 일주일을 기다려야 한다는 건데."

"그러면 차라리 가능성이 있는 다른 대학들을 모조리 확인하는 건 어떨까요?"

"모두 다요?"

"네."

"흠."

노형진은 고민했다. 확실히 프랑스는 디자인의 강국인 만큼 파리 말고도 많은 디자인 학교들이 있다.

"그렇게 하지요. 귀찮지만요."

상대방이 성화인 만큼 노형진은 방심하지 않기로 했다.

검은 머리 외국인이냐?

"뭐라고요?"

노형진은 다른 학교에서 답변을 받고 당황했다. 수많은 지역에 있는 예술 학교에 공문을 보내고 확인하고 그렇게 일주일을 보냈다. 그런데 생각지도 못한 곳에서 온 것이다.

─우리 학교에 있습니다.

"로라 잔느가 있다고요?"

─아니요. 로라 잔느는 없습니다. 하지만 학생 중 한 명이 성화와 계약했다고 하더군요. 혹시나 해서 말씀드리는 겁니다.

"네?"

이 무슨 소리란 말인가? 프랑스 디자이너라 생각해서 여기까지 와서 뒤지고 다녔는데 로라 잔느라는 사람은 없고 성화와 디자인 계약을 한 사람은 있다니?

'가명을 쓴 건가?'

노형진은 갸웃했다. 하지만 그럴 가능성은 그다지 높아 보이지 않는다.

프랑스 디자이너들은 자존심이 강해서 가명 뒤에 숨거나 하지 않는다. 물론 가끔 가명을 쓰기도 하지만 그런 경우에는 그 가명이 그의 다른 이름이 될 만큼 적극적으로 사용한다. 로라 잔느처럼 쓰고 버리는 게 아니다.

"그게 확실합니까?"

─그렇습니다. 학교 규정상 학생의 일정 금액 이상의 금전적 수익 활동은 신고해야 하거든요. 아르바이트는 모르지만 어설프게 배워서 디자이너라고 하고 다닐 수는 없으니까요. 그 기록에 따르면 성화와 계약한 학생이 있습니다.

"혹시 이름을 알 수 있을까요?"

─성민주입니다.

"누구요?"

─성민주입니다.

노형진은 왠지 멍한 느낌이었다. 프랑스 사람인 줄 알았는데 한국인이었다.

'다른 사람인가?'

그럴 가능성도 있다. 성화는 거대 기업이고, 디자인을 사용하는 곳은 많으니까.

"저희가 찾는 사람은 아닌 듯하네요."

우연일지 몰라도 그가 때마침 프랑스에 있고 성화와 계약했을 뿐이다. 더군다나 로라 잔느라는 이름도 아니고 프랑스 사람은 더더욱 아니다.

ー그럴 리가요. 같이 보내 주신 디자인이 그쪽에서 제출한 사본과 일치합니다만?

"네?"

그 말에 노형진의 등으로 서늘한 기운이 타고 흘렀다.

ー학교에서는 이를 심각하게 받아들이고 있습니다. 그쪽의 이야기는 이미 대사관을 통해 확인되었고 소송 중이라는 것도 확인되었습니다. 그런데 그 학생이 우리 쪽에 제출한 사본과 똑같은 디자인으로 되어 있더군요.

"사본요?"

ー예술은 영감입니다. 새로운 디자인을 만들기 위해서는 끊임없이 영감을 받아야 하지요. 그래서 학교에서는 그 사본을 받아서 보관합니다. 일정 기간이 지나면 이를 공개해서 다른 디자이너들에게 영감을 주기 위해서지요.

"그런데 그 디자인이 저희가 보내 드린 것과 똑같다고요?"

ー그렇습니다. 학교에서는 이를 심각하게 여겨서 아직 학생에게 조사 사실을 이야기하지 않았습니다. 그 말이 사실이라면 이는 명백하게 범죄니까요.

그리고 범죄자에게 그 사실이 알려진다면 도망갈 수도 있어 학교 측에서 성민주에게 알리지 않은 채로 노형진에게 통지한 것이다.

"하지만 그 학생 이름은 성민주라면서요? 한국에 소개된 그 디자이너의 이름은 로라 잔느입니다."

－그 부분에 대해서 그와 같은 학과에 다니는 학생들에게 물어봤습니다. 그런데 그가 친구들 사이에서 쓰는 프랑스식 이름이 로라 잔느라고 하더군요.

그 말에 노형진은 뒤통수를 맞은 느낌이었다.

'뭐야? 어디까지 가짜인 거야?'

디자인도 남의 건데 이름도 남의 것이다.

더군다나 유러피안 어쩌고저쩌고했는데 그걸 만든 사람도, 그걸 훔친 사람도 다 한국인이다.

'이 무슨……'

노형진은 생각과 다르게 돌아가는 현 상황에 머리를 열심히 굴리기 시작했다. 하지만 한 가지는 확실했다.

"그 학생에게 이 사실을 감춰 주실 수 있나요?"

－수사 중인 사건이므로 가능합니다. 만일 그녀가 범죄를 저지른 것이라면 도주할 수 있으니까요.

"감사합니다. 그럼 일단 비밀로 해 주십시오. 이 사건은 제가 좀 알아보겠습니다."

－기꺼이 그렇지요. 만일 우리 학생이 디자인을 훔친 것이라면 그 피해자에게 학교 측의 사과의 말을 전해 주십시오.

"알겠습니다."

노형진은 전화를 끊고 턱을 쓰다듬으면서 상황을 이해하기 위해 노력했다.

'그러니까 성화와 계약한 건 이 성민주라는 여자가 맞아. 그리고 로라 잔느라는 이름은 일종의 가명이겠지.'

그것까지는 알겠다. 성화로서는 유럽의 디자이너가 만들었다고 해야 홍보에도 도움이 되고 그들이 말하고 있는 유러피안 스타일 홈 컬렉션에도 어울리니까 그렇게 했다고 할 수도 있다.

'하지만 너무 뜬금없잖아?'

그러면 아예 익명으로 처리하든가 전혀 다른 사람의 이름을 내세우면 된다. 유러피안 스타일이니 적당히 프랑스 사람을 구해서 말이다. 프랑스라고 해서 사기꾼이 없는 건 아니니까.

'그런데 한국 사람이다?'

노형진은 직감적으로 그녀가 일반인이 아니라는 생각이 들었다.

"노 변호사님도 같은 생각을 하는 중이신가요?"

그런데 의외로 손예은도 같은 생각인 모양이었다.

"손 변호사님도요?"

"네, 아무래도 성민주라는 사람은 성화와 무슨 관련이 있는 것 같네요."

"역시 그렇지요?"

"그렇게 보면 모든 게 다 맞습니다. 홍보 초기에 그녀의 이름이 아주 잠깐 드러났다가 사라졌습니다. 그건 성화의 입장상 그 이름을 드러낼 수 없다는 뜻이겠지요."

손예은의 말에 노형진은 고개를 끄덕거렸다. 확실히 그렇다. 계속 그를 드러낼 것이라면 계속 썼어야 정상이다. 그럼에도 불구하고 단 한 번만 드러내고 말았다.

"그럼에도 불구하고 로라 잔느라는 이름을 드러냈다는 건 한 가지 목적이죠."

"네, 바로 이름."

"네, 이름."

이름값이라는 게 있다. 특히 디자인의 세계에서 그 가치는 엄청나다.

가령 유명 브랜드에서 만든 지갑은 수십만 원에서 수백만 원을 호가한다. 그에 비해 시장에서는 비슷한 디자인의 지갑을 몇만 원이면 살 수 있다.

당장 아무 특색이 없는 열쇠고리도 유명 브랜드라는 이유로 10만 원이 넘는 가격에 팔릴 만큼 디자인의 세계에서는 그 이름값이 엄청나다.

"성민주가 누군지 모르지만 이름을 띄우기 위한 행동인 것 같군요."

"네, 제가 봐도 그러네요."

노형진의 말에 손예은 역시 동의했다.

이런 식으로 하면 성민주는 공식적으로 성화에 디자인을 제공한 유명 디자이너 반열에 오를 수 있다. 다른 곳은 몰라도 한국에서는 나중에 나서서 대놓고 말할 정도는 된다. 지금 성화의 유러피안 디자인 상품들은 없어서 못 팔 지경이니까.

"그렇다면……."

이건 단순히 디자인을 훔치는 정도가 아니라 남의 인생 자체를 훔치는 수준이다. 만일 전광구가 프랑스에 있었다면 그 영예는 전광구의 것이 되었을 테니까.

"그렇게 성화에서 밀어준다는 것은 그가 일반인은 아니라는 뜻이지요."

"네, 그렇지요."

성화가 미치지 않는 이상 아무것도 모르는 디자이너 지망생에게 그런 기회를 줄 리 없다.

"일단 해당 학교로 갑시다. 가면서 회사에 이야기해서 그 여자에 대해 캐낼 수 있는 걸 캐내지요."

"네."

노형진과 손예은은 서둘러서 움직이기 시작했다.

⚖

─그 여자는 성화 집안사람이라고 봐야 합니다.

"성화 집안사람요? 하지만 성화는 김씨 집안이 아닌가요?"

전화기 너머에서 들리는 고문학의 목소리. 일반인은 아닐 거라 생각했다. 그런데 성화 집안사람이라니? 성씨가 다른데 말이다.

－김화자의 남매인 김두필의 외손녀입니다.

"김두필요? 김두필이면…….."

－네, 이번 사건의 중심인 성화전자를 가진 사람입니다.

"끄응…… 어쩐지…….."

성화는 김씨 일가가 지배하고 있다. 그중에서 김화자는 원래 건강식품 회사를 가지고 있다가 노형진에게 크게 타격을 입고 그 힘을 많이 잃은 상태였다. 김두필은 그런 그녀의 남자 형제였다.

－그의 딸이 시집을 간 곳이 성씨 집안입니다.

"그리고 그 외손녀라는 거죠?"

－네.

'이제야 모든 그림이 그려지는군.'

김두필의 외손녀인 성민주는 디자이너로서 공부하고 있다.

재능이 있는지 없는지는 모를 일이다. 하지만 어찌 되었건 그녀는 디자이너의 길을 가고 있다.

그리고 김두필은 그런 성민주가 디자이너로서 이름을 널리 알리게 하기 위해 계획을 짰다.

'아무래도 재능은 없나 보군.'

재능이 있다면 성민주의 디자인을 썼으면 되는 일이다. 하지만 그러지 못했기에 김두필은 다른 방법, 즉 다른 디자이너의 작품을 빼앗아 성민주의 이름으로 발표하는 방식으로 그녀의 이름을 알리기로 한 것이다.

하지만 사건이 무마되지 않은 상황에서 성민주라는 존재가 드러나면 안 되니 로라 잔느라는 가상의 이름으로 발표하고 사건이 무마된 뒤 사실은 자신이 로라 잔느라면서 짠 하고 나타나게 하려는 것이다.

'치밀한 놈들.'

단순히 즉흥적으로 만들어진 계획이 아닌 다른 디자이너의 작품을 빼앗기 위해 오래전부터 계획된 작전이었다.

"그러면 그동안 발표된 다른 작품들도 있겠군요."

─조사 중이지만 현재 로라 잔느의 이름으로 발표된 작품들이 대략 40여 종 정도 됩니다.

"40여 종요?"

─네.

"그게 다 가전제품입니까?"

─아닙니다. 가장 먼저 발표된 건 팬시 상품이고 그 후에는 의류, 그다음에 전자 기기입니다.

"미친놈들."

조금만 디자인 쪽에 있어 본 사람이라면 알 것이다. 팬시와 의류, 전자의 디자인 감각은 전혀 다르다. 한 사람이 그 모든 걸 한다는 건 그가 엄청난 천재가 아닌 이상 불가능에 가깝다.

'그런데 그냥 닥치는 대로 붙여 놨군.'

진짜 그녀의 디자인이 들어 있는지는 모르지만 일단 로라 잔느라는 이름으로 발표된 물건의 디자인들은 남의 것을 빼앗았다고 봐야 한다.

"그런데 지금까지 문제가 안 되었나요?"

─순차적으로 차근차근 한 명씩 밟았더군요.

그 말에 노형진은 얼굴을 찌푸렸다. 그런 거라면 개인이라는 존재가 거대한 성화를 이길 수는 없었을 것이다.

"그렇군요."

─그런데 지금 가서 그녀를 만나도 그녀가 그걸 인정할 것 같지는 않은데요? 조사해 보니까 완전 거만하고 안하무인이랍니다. 허영심도 심하고요.

"애초에 기대도 안 합니다."

이런 것을 말한다고 바로 인정하고 사과하는 사람이라면 처음부터 이런 일을 저지르지도 않았을 것이다. 그녀가 이걸 인정한다는 건 기대하지도 않은 노형진은 다른 방법을 찾을 생각이었다.

"그럼 조심해서 다녀오십시오."

─네.

노형진이 전화를 끊자 옆에서 운전하던 손예은이 먼저 입을 열었다.

"역시 성화의 일가라죠?"

"네, 김두필의 외손녀랍니다."

"역시 그렇군요."

'기가 막히는군.'

사실 노형진은 모르지만 회귀 전에는 그녀는 세계적인 디자이너로 이름을 떨치면서 아주 성공적인 삶을 살게 된다.

이런 말이 있다, 유명해지면 똥을 싸도 사람들이 손뼉을 친다고. 실력이 부족하더라도 유명해진 후에는 그마저도 특색으로 인정받기 때문이다.

"이제 어쩌죠? 인정하라고 해도 인정할 것 같지 않은데요?"

"글쎄요……."

노형진은 잠시 생각하다가 갑자기 고개를 돌리며 외쳤다.

"멈춰요!"

"네?"

"멈춰요. 후진, 후진…… 아니, 유턴!"

"네?"

노형진의 말에 놀라 손예은은 서둘러서 차를 길가에 멈췄다.

"무슨 일이에요?"

"아니요. 지금 막 좋은 생각이 났습니다. 흐흐흐."

노형진은 길가에 있는 제법 커다란 간판에 눈이 가 있었다.

"반갑습니다. 끌레몽드의 소피아 기자입니다."

"네, 안녕하세요."

금발의 여자는 미소를 지으면서 눈앞에 있는 동양인을 바라보았다.

'이 여자란 말이지. 후후후.'

그녀는 얼마 전 자신에게 전화하고 찾아온 동양인 변호사를 생각했다.

'그 사람의 말이 사실이라면 이건 특종이야.'

끌레몽드는 전 세계에서도 알아주는 디자인 잡지다. 당연히 수많은 전문가들과 디자이너들이 보는 잡지이기도 하다. 그리고 소피아는 그곳에서 일하는 기자다.

그런 그녀가 접한 것은 디자이너 세계를 뒤흔들 만한 소식이었다. 대한민국의 대기업이 자신의 일족을 위해 남의 디자인을 계획적으로 빼앗고 있다는 것.

'성화라는 곳이 제법 크던데.'

성화전자는 프랑스에서도 좀 알려진 곳이다. 그런 곳인 만큼 이 사건이 진실이라면 엄청난 특종이 될 것이다.

"그나저나 요즘 프랑스에서도 성화의 유러피안 스타일 홈 컬렉션이 큰 인기를 끌고 있는데요."

"호호호, 당연하지요. 제 회심의 역작인걸요."

성민주는 마치 자신이 한 것처럼 자랑스럽게 말했다.

'멍청하긴.'

소피아는 그런 그녀를 보고 속으로 미소를 지었다.

만일 그녀가 조금만 더 똑똑했다면 어떻게 외부에 드러나지 않은 로라 잔느가 자신임을 알고 찾아왔는지 의심했을 것이다. 하지만 언제나 떠받들어지던 그녀는 자신을 어떻게 찾았는지에 대해서는 전혀 의심하지 않았다. 할 수가 없었다.

끌레몽드는 그녀도 알고 있다. 그리고 이건 이름을 널리 알릴 수 있는 기회인 것이다.

'그래, 지금이 기회야. 동양에서 나타난 천재 디자이너. 그게 내 미래야.'

성민주는 그렇게 생각하면서 미소를 지었다. 얼마 후면 전 세계가 자신에 대해 알 거라 기대하면서 말이다.

물론 노형진은 그렇게 둘 생각 따위는 없었다.

ㅡ들리십니까?

소피아의 귀에 들리는 작은 목소리.

작은 마이크와 이어폰으로 연결된 장비였다.

패션 전문 언론이라고 하지만 언론사인 만큼 그런 장비가 있었고 특종의 기회를 잡은 소피아는 기꺼이 그걸 자신의 몸에 부착했다.

'언론사란 어딜 가나 똑같지.'

옳든 그르든, 관영이든 민영이든, 진보이든 보수이든, 언론사들이 가지는 공통적인 속성. 그건 다름 아닌 특종에 대한 갈망.

그걸 알고 있었던 노형진은 끌레몽드를 끌어들인 것이다.

"오늘 날씨가 아주 좋네요."

소피아는 미소를 지으면서 말했다. 잘 들린다는 약속된 언어.

'좋았어.'

소피아의 역할은 간단하다. 성민주를 인터뷰하면서 그의 허점을 캐내는 것.

"그나저나 어떻게 성화라는 대기업과 일하게 되었나요?"

"글쎄요. 결국 재능 덕분이 아닐까요? 비록 프랑스에서 일하고 있다고 하지만 그쪽에서 먼저 저의 재능을 알아보고 연락했으니까요."

천연덕스럽게 말하는 그녀.

"하긴 대단한 재능이네요."

소피아는 대충 성민주에게 맞장구를 쳐 주면서 노형진의 질문을 기다렸다. 하지만 노형진에게서는 아무런 말도 없었다.

'일단은 기다리겠다는 건가?'

이런 경우는 하나뿐이다. 자신이 먼저 흐름을 만들어 주기를 원하는 것.

'그렇다면야.'

그녀 역시 패션계에서 오래 일한 기자다. 이런 경우 어떤 질문을 해야 하는지 정도는 알고 있다.

"역시 디자이너에게 제일 중요한 건 영감이죠. 성화전자에서 나온 유러피안 스타일 홈 컬렉션은 말 그대로 전 세계적으로 대호평을 받고 있는데, 그 영감은 어디서 받으셨나요?"

"여…… 영감요?"

"네."

성민주는 살짝 당황했다. 지금까지 영감에 대해 생각해 본 적이 없기 때문이다. 하긴 지금까지 누가 그런 걸 질문한 사람도 없었으니까. 자신은 그저 회사에서 온 파일을 자신이 만들었다는 증거로 삼기 위해 학교 측에 낸 것뿐이다.

"당연히 장미죠."

"장미요?"

"네, 그 붉은 선과 우아한 선은 장미의 붉은색과 덩굴장미의 선을 표현한 겁니다."

"하긴 장미는 오랜 시간 디자이너들의 영감의 대상이었죠. 그럼 그 안에 있는 깃털들이 말하는 건 뭔가요?"

"깃털요?"

"네."

성민주는 당황했다. 깃털이 있는지 알지도 못했던 것이다. 하긴 자신이 한 게 아닌데 그 안에 깃털이 있는지 알 게 뭔가.

'역시 전문가답네.'

노형진은 멀리 떨어진 차량 안에서 소피아의 날카로운 질문을 듣고 미소를 지었다.

그는 법에 대해서는 잘 알지만 디자인이나 패션에 대해서는 잘 모른다. 당연히 그걸 허물기 위해서는 그것에 대해 잘 아는 사람이 필요했다. 그래서 소피아에게 먼저 질문하도록 침묵을 지킨 것이다.

"그거야…… 당연히 비둘기죠."

"비둘기요?"

"네, 평화의 상징이니까요."

"붉은색 덩굴장미와 비둘기라. 의외의 조합이네요. 넝쿨 장미가 있는 곳은 비둘기들이 접근하지 않는데요?"

"그런 게 감각이겠죠. 호호호."

성민주는 진땀을 흘렸다.

실제로 덩굴장미가 있는 벽이나 집에는 비둘기가 거의 접근하지 않는다. 가시가 있는 데다가 거기에 엉키면 움직이지 못하기 때문이다.

"하긴 남과 다른 것을 보는 것. 그게 디자이너니까요."

"맞습니다."

"그런데 참 신기한 게 여러 종류의 디자인을 하셨던데, 원래 그렇게 많은 디자인을 생각하고 다니시나요?"

"네?"

"팬시부터 옷, 가전제품까지 성민주 씨의 고향인 한국의 속담을 빌리자면 말 그대로 팔방미인이라고 할 수 있는데요. 따로 그런 것들을 공부하셨어요?"

"그건…… 어, 그냥 학교 다닐 때 문득 생각나는 디자인들을 기록해 놨던 것뿐이에요."

"그런가요?"

대충 둘러대는 것을 알아챈 소피아는 살짝 정곡을 찔렀다.

"전 개인적으로 성민주 씨가 한 수많은 디자인 중에서 가장 마음에 들었던 게 머그잔이거든요. 그 디자인은 어떻게 생각하신 거예요?"

"네?"

"머그잔요."

"머그잔……."

성민주는 열심히 머리를 굴리기 시작했다. 하지만 제대로 살펴보지도 않은 디자인이 기억날 리 없었다.

물론 전자제품 디자인은 엄청나게 많이 팔려 나가서 나름 보면서 공부했지만 비싼 것도, 많이 팔린 것도 아닌 머그잔의 디자인은 쳐다보지도 않았다.

"어떤 머그잔요?"

"어머, 머그잔은 하나밖에 안 하셨잖아요?"

"그게…… 제가 개인적으로 한 게 너무 여러 가지라서요. 한꺼번에 넘겼는데 어떤 게 나왔는지 모르겠네요."

그는 애써 둘러댔지만 사실 말도 안 되는 소리였다.

디자인은 디자이너에게 자식과도 같은 존재다. 설사 공개하지 않았다 하더라도 수많은 고민을 하면서 만들어 내는 것이다. 그런데 그게 상품으로 나왔는데 모른다는 건 말도 안 된다.

'역시 뭔가 이상해.'

그런 속성을 알고 있는 소피아는 노형진이라는 그 동양인 변호사의 말이 맞을 가능성이 높다고 생각했다.

"호호호."

진땀을 흘리면서 시선을 돌리는 그 모습.

그건 그녀가 수년간 봐 온 디자인 표절을 한 사람들이 보여 주는 모습과 비슷했다.

"그러면 그 노트 디자인은 어떠신지요?"

"노트요?"

"참 뭐랄까, 형이상학적이라고 할까? 그런 느낌이 있던데요."

"네, 그 노트 말씀이시군요. 그 노트는 제 우주에 대한 관념이 들어 있다고 보시면 돼요. 형이상학적이고 추상적인 우주를 좀 더 따뜻하게 표현하고 싶었죠."

"그래요?"

그 말을 들으면서 슬며시 미소를 띠는 소피아.

그럴 수밖에 없는 게 그녀의 다른 이름인 로라 잔느의 이름으로 발표된 노트는 단 하나뿐이다. 그런데 그건 성민주가 말한 것과는 전혀 다른 느낌이다. 누가 봐도 가로등이 서 있는 비 오는 날의 거리를 묘사한 것이기 때문이다. 그러니 형이상학적이지도, 복잡하지도 않다.

'모른다.'

그럼에도 불구하고 형이상학적이라고 떡밥을 던진 것은 자신이 만든 것이라면 그걸 알 거라 생각했기 때문이다. 그런데 그걸 기억하지 못한 성민주는 아니나 다를까, 미끼를 덥석 물었다.

'역시 가짜였어.'

소피아는 가볍게 전율했다. 어쩌면 희대의 사건을 특종으로 잡을 수 있다고 생각하자 온몸에 기대감이 가득해졌다.

"그러면……."

다음 질문을 하려는 찰나였다.

─일단 본격적으로 떡밥을 던질 시간이군요. 일단은 단시간 내에 어떻게 그렇게 많은 디자인을 했는지 물어봐요.

그 말에 소피아는 아쉽다는 느낌이 들었다. 좀 더 많은 걸 물어보고 싶었던 것이다.

'뭐, 어쩔 수 없지.'

일단 자신이 물어볼 수 있는 것은 시간이 좀 필요하다. 하지만 상대방은 소송이 걸린 만큼 우선권이 가지고 있을 수밖에 없었다.

"그런데 궁금한 게 성민주 씨의 가명인 로라 잔느로 활동한 게 대략 8개월 정도 되었잖아요."

"그렇지요."

"그런데 그 8개월 사이에 내놓은 디자인만 40여 종이던데 단기간 내에 어떻게 그렇게 많은 디자인을 만들어 내실 수 있는 거죠?"

8개월에 디자인이 40여 종이면 한 달에 다섯 개 이상 만들어 내는 셈이다.

사실 간략한 디자인이라면 몰라도 회사의 운명이 달려 있는 고가의 물품이나 의상 디자인들은 그렇게 빨리 나온다는 게 불가능에 가깝다. 더군다나 그 디자인 품목이 팬시부터 옷, 가전제품까지 완벽하게 다르다면 말이다.

"그게……."

성민주는 말하지 못하고 눈치를 살피기 시작했다.

'아, 할아버지 때문에 이게 뭐야.'

사실 조금만 디자인에 대해 아는 사람이라면 그렇게 파격적이고 혁신적인 디자인이 그 정도 속력으로 나온다는 것이 말도 안 된다는 것을 알 것이다. 그런 게 가능한 것은 오로지 단 하나, 기존 디자인을 표절하거나 살짝 바꾸는 수준에서 내놓는 것뿐이다.

"그건…… 그냥 영감의 문제라서요. 어쩔 때는 잘 나오고 어쩔 때는 잘 안 나와서."

그녀는 애써 둘러댔다. 자신이 생각해도 너무 황당한 숫자였던 것이다.

"그런가요?"

"네."

노형진은 그 말을 무전기 너머로 들으면서 피식 웃었다.

'그렇게 두루뭉술하게 넘어간단 말이지?'

하긴 아는 게 없으니 두루뭉술하게 넘어갈 수밖에 없다.

'그렇다면 그럴 수 없는 질문을 던져야겠네.'

노형진은 무전기를 잡고는 소피아의 입을 빌려서 바로 핵심을 찌르고 들어갔다.

"그런데 그 디자인들, 특히 유러피안 스타일 홈 컬렉션 같은 경우는 바로 가전제품에 적용되었잖아요."

"그렇지요."

"디자인을 넘긴 지 얼마 만에 신제품이 나온 거죠?"

"그러니까 아마 두 달쯤일 겁니다."

"와우, 엄청나게 빠른 속력이네요."

"네, 호호호, 제 디자인을 그만큼 알아준다는 뜻이지요."

"그러면 좋지요. 그런데 궁금한 게요, 어떻게 디자인을 넣었는데 한 달 만에 신제품이 나오죠?"

"그거야 아까도 말씀드렸다시피 제가 디자인을 잘해서 줬으니까요."

성민주는 당연히 자신이 잘해서 그런 것이라면서 목소리를 한껏 높였다. 하지만 소피아의 입장에서는 말도 안 되는 소리였다.

'디자인이 무슨 애들 장난인 줄 아나? 이 녀석, 디자인의 개념을 가지고 있긴 한 거야? 어떻게 이런 애가 여기까지 유학 온 거지?'

그렇게 생각할 만큼 그녀의 대답은 말이 되지 않았다.

　"하지만 디자인을 실물에 적용하고 그걸 디자인해서 케이스를 만들기 위한 공정을 잡고 물건을 재설계하기 위해서는 못해도 1년은 걸릴 텐데요?"

　"네?"

　"디자이너야 영감으로 어떻게든 빨리할 수 없다지만 공장은 그런 게 아니거든요. 그래서 기록을 보고 깜짝 놀랐어요. 혹시 그에 대해 아시는 게 있나요?"

　"그……."

　성민주는 말할 수 없었다. 할 능력이 되지 않았으니까.

　사실 디자인을 적용한다는 것은 쉬운 일이 아니다. 당장 에어컨만 봐도 그렇다.

　일단 디자이너가 디자인을 뽑아서 주면 기술자는 그 디자인이 과연 시스템을 적용하는 게 가능한지 판단하고 수정을 요구한다.

　그리고 그런 과정이 몇 번 반복되어 디자인이 확정되면 그 디자인에 맞게 내부의 설계를 변경하고 그에 맞는 공장의 시스템을 고려해 그 외부 디자인을 제작할 공장을 선정하거나 자체적으로 제작하기 위한 준비를 한다.

　그래서 아무리 빨라도 디자인은 1년 전에 넘기는 것이 보통이다.

　"성화에서는 어떻게 그렇게 빠른 속력으로 디자인을 만들어 낸 거죠?"

"그게……."

성민주는 말할 수가 없었다.

'아, 뭐야. 그런 거였어?'

물론 그들이 그 디자인을 손에 넣은 것은 1년 반 전이다. 그러니 공장을 바꾸기 위한 시간은 충분했다. 하지만 디자인에 대해 전혀 모르는 사람들이다 보니 성민주에게 최종 디자인을 늦게 건네준 것이다.

"혹시 아시는 게 있나요?"

"아, 몰라요!"

갑자기 벌떡 일어나면서 소리를 지르는 성민주.

"그딴 거 내가 알 게 뭐야!"

"어머, 아셔야지요. 그래도 대성화전자의 사장님의 외손녀시잖아요."

"……."

그 말에 성민주는 얼굴이 딱딱해졌다. 설마 그걸 알고 있을 거라고는 생각도 못 했던 것이다.

"디자인이라는 건 결국 각자의 개성이라는 게 있기 마련인데 솔직히 민주 씨의 디자인에는 개성이 없어요. 마치 제각각이라는 느낌이 강해요. 마치 각각의 다른 사람이 한 것처럼요."

훅 치고 들어가는 소피아의 돌직구성 질문. 그 말을 들은 성민주는 갑자기 벌떡 일어났다.

"뭐야? 지금 나같이 유명한 디자이너를 무시하는 거야?"

그 말에 소피아는 피식 웃었다.

'역시나 가짜네.'

노형진의 돌직구성 공격이다. 일반적인 사람이었다면 자신을 의심하는 것이냐면서 화내야 정상이다.

하지만 성민주는 의심이라는 단어가 아닌 무시하느냐는 단어를 썼다. 본능적으로 의심이라는 단어를 쓰기 싫었던 것이다.

'내가 심리학자는 아니지만 안 봐도 뻔하네.'

소피아의 오랜 경험상 이런 타입은 대부분 다른 사람의 디자인을 표절하거나 빼앗아 오는 경우 발생했다.

"무시라니요. 그럴 리가요. 성화전자의 사장님의 외손녀이신데 제가 왜 그러겠어요?"

"근데 그런 질문을 하는 목적이 뭐야?"

"당연히 디자이너들에게 정보를 주기 위해서지요. 솔직히 그런 속도를 상품에 적용할 수 있는 기업이 있다면 다른 기업들 역시 그 기술을 배워야 하는 거 아닌가요?"

"그……."

틀린 말이 아니었기에 성민주는 아차 싶었다. 더군다나 상대방은 이 디자인계에서는 유명한 패션 잡지의 기자다.

"갑자기 몸이 안 좋군요. 인터뷰는 여기까지만 하겠습니다."

더 이상 날카로운 질문에 대답할 자신이 없었던 그녀는 우물쭈물 말을 바꾸면서 일어났다.

"네? 하지만 세 시간 정도 가능하다고 하셨잖아요?"

"갑자기 몸이 안 좋네요. 전 이만."

가방을 들고 후다닥 나가 버리는 성민주.

소피아는 그런 그녀의 뒷모습을 물끄러미 바라보다가 어깨를 으쓱하고는 바깥으로 나왔다. 그러고는 기다리고 있던 차량에 올라탔다.

"어떤가요?"

"미스터 노의 말이 맞네요. 이건 100% 표절…… 아니, 이 경우에는 강탈이라고 해야겠네요. 강탈 맞습니다. 패션계 근무자로서 분노할 수밖에 없군요."

한국 패션계가 재능을 인정하지 않고 갑질이 심해서 디자이너들이 힘들어 한다는 소리는 들었다. 하지만 다른 곳도 아닌 대기업인 성화에서 혈족의 이름을 알리기 위해 남의 디자인을 빼앗으리라고는 생각도 못 했다.

"바로 알리실 겁니까?"

"그러기는 힘들겠어요. 그녀의 눈치를 봐서는 분명히 그녀가 알고 있었던 일이지만 증거가 없으니까요."

사실 그녀의 이름으로 발표된 이상 그녀가 모를 수가 없다.

"어찌 되었건 프랑스까지 온 보람이 있네요."

그녀라는 존재가 드러난 이상 자신들이 공격할 방향은 명확해졌다.

　"그렇다면 이제는 제가 한국으로 갈 차례군요."

　소피아는 눈을 반짝이기 시작했다.

돼지 눈에는 돼지만 보인다

"이게 사실인가요?"

"네."

전광구는 너무나 어이가 없어서 말하지 못했다. 프랑스에까지 갔다 왔다고 해서 왜 그런가 했더니 그가 들은 이야기는 그의 상식을 아득하게 넘어 버리는 어이없는 이야기였다.

"그러니까 손녀의 이름을 널리 알리기 위해 우리의 작품을 빼앗았다고요?"

"네, 그런 걸로 보입니다."

"그…… 그런……."

말도 안 된다고 생각하고 싶었다. 대기업에서 그런 짓까지 하지 않을 거라 생각하고 싶었다. 하지만 대한민국 대기업의 성향을 보면 부정하지 못한다는 것이 현실.

"아마도 이번 사건은 오랜 기간 준비되었을 겁니다."

손예은은 전광구를 다독거리면서 말했다. 물론 그녀는 나름 다독거린다고 한 거지만 남이 볼 때는 그저 보고 정도로밖에 안 보일 것이다.

'이거 이거…… 도대체 어디가 행복했다는 거야?'

그녀는 분명 입사할 당시 청계에서 나름 성공적으로 취업해서 행복하게 살았다고 했지만, 저런 성격을 보면 그건 어쩌면 그녀의 개인적인 의견일지도 몰랐다.

'왜 저렇게 말이 없는 건지, 거참.'

노형진은 그렇게 생각하고 말았다. 손예은 변호사가 아름다운 여자이기는 하지만 새론은 그녀를 변호사로서 고용한 것이니까.

"어찌 되었건 이번 사건에서 보면 성화는 아직까지 그 버릇을 못 고친 겁니다."

"못 고친 거라니요?"

"남의 것을 노리는 버릇 말입니다."

대룡을 집어삼키려고 해서 이 사달이 일어났는데도 아직도 그 버릇을 고치지 못해 이 난리가 나게 만들었다. 하긴, 대기업이라는 조직이 순식간에 바뀐다는 건 말이 안 되지만.

'그게 문제지.'

기존의 질서에서 벗어나서 새로운 질서에 순응한다는 것.

그것은 기존에 있던 지도층이 모두 그 자리를 내놓고 나와야 한다는 뜻이다. 그런데 과연 사람이라는 게 그럴 수 있을까? 결국 그들을 바꾸기 위해서는 가장 윗부분을 바꿔야 한다.

'그런데 한국은 그게 아니지.'

세계적인 대기업들의 총수들은 젊거나 열린 마인드를 가지고 있다. 하지만 한국 대기업은 그런 자들보다 훨씬 나이가 많고 또 극단적인 자신들만의 세계를 추구한다. 그러니 순간 바뀐다고 해도 그 근본이 바뀌지는 않는다.

"일단 이번 사건은 정식으로 재판에 들어갈 겁니다."

"하지만 증거가……."

"증거는 제가 충분히 찾아 놨습니다."

노형진은 사방에 증거가 될 만한 것을 찾아 두었다.

'사람들은 생각보다 증거가 많다는 걸 모르지.'

사람이 지나간 곳에는 흔적이 남는다. 그게 증거다. 그리고 사람들은 생각보다 많은 곳에 증거를 남긴다.

"그래서 소송을 시작할 겁니다. 뭐, 정확하게는 소장은 들어간 상태이니 상대방은 그것에 대해 준비하고 있겠지요."

"하지만 증거가……."

"그 부분은 확보되어 있습니다. 다만 그 전에 확실하게 할 게 있습니다."

"확실하게요?"

"네."

"어떤 거죠?"

"바로 계약이죠."

"계약?"

"네."

이 사건에 소송 비용을 대고 있는 곳은 다름 아닌 대룡이다. 대룡에서는 성화에게 한 방 먹이기 위해 기꺼이 이번 사건의 소송비를 내고 있었다. 상대방이 대기업인 만큼 그 비용이 적지 않다. 당장 두 명이 프랑스에 갔다 온 비용만 해도 벌써 일반적인 비용을 훌쩍 넘은 상황.

"그런 관계로 대룡 역시 무슨 이득이 있어야지요."

"하지만 어떤 걸 드리죠? 전 드릴 게 없는데요?"

그 말에 노형진은 미소를 지었다.

"전광구 씨는 이미 생각보다 많은 것을 가지고 있습니다. 후후후."

⚖

"개정합니다."

정식으로 재판이 시작되자 당연히 성화에서 날카롭게 치고 들어왔다.

"재판장님, 이것은 상대방이 대기업이라는 이유로 말도 안 되는 소송을 남발하여 합의금을 뜯으려고 하는 전형적인 사기꾼입니다."

'이번에는 법무 팀인가?'

노형진은 상대방이 누가 나올지 궁금했다. 지금까지 성화의 변론을 해 주던 곳은 다름 아닌 청계였다. 그런데 이제 그 청계는 없다. 그래서 새로운 곳이 나올 거라 생각은 했는데 법무 팀이 나온 것이다.

'하긴 영 껄끄럽겠지.'

성화는 온갖 불법으로 돈을 벌었다. 그런 곳이니만큼 아직은 믿을 만한 곳이 아닌 다른 곳에 사건을 맡기는 것이 부담스러웠을 것이다. 그래서 법무 팀이 나온 것이고 말이다.

"이번 사건은 명확한 증거도, 자료도 없습니다. 원고 측은 몇 달 전부터 본사에 나타나 이번에 저희 기업이 개발한 작품인 유러피안 스타일 홈 컬렉션을 자신의 작품이라 주장하면서 그 권리를 내세우던 자입니다. 유러피안 스타일 홈 컬렉션은 저희가 유명 디자이너에게 받아 준비한 디자인으로, 누군지도 모르는 사람들의 작품이 아닙니다."

법무 팀의 변호사인 남자는 미리 준비한 서류를 보여 주면서 차근차근 따지기 시작했다.

"재판장님, 해당 작품은 원고의 작품이 맞습니다. 여기 원고가 가지고 있는 사본의 스캔본의 경우 그 날짜가 표시되어 있습니다."

"그 정도는 조금만 조작하면 스캔 날짜를 바꿀 수 있습니다. 원고가 유러피안 스타일 홈 컬렉션을 보고 따라 그린 뒤에 날짜를 조작하면 되는 바, 해당 스캔본은 그 가치가 없다고 해야 할 것입니다."

변호사는 자신 있게 말했다. 그러자 그 말을 들은 전광구는 고개를 푹 숙였다. 지금까지 수많은 동료 디자이너들이 저런 논리에 밀려 결국 이기지 못하고 자신의 권리를 빼앗겼기 때문이다.

'뭐, 이렇게 될 거라 생각했지.'

그동안 성화가 보여 준 모습을 알고 있는 노형진은 그들이 그렇게 나올 거라 생각했다. 하지만 그런다고 해서 진실이 바뀌는 것은 아니었다.

"해당 작품들뿐만 아니라 성화에서 로라 잔느라는 이름을 달고 나온 수많은 작품들은 몇 년 전 성화에서 연 공모전에 제출한 작품이라는 의심스러운 정황이 나왔습니다."

"말도 안 되는 소리입니다. 그 당시 제출된 작품 중에는 저런 작품들이 없었습니다. 그런 작품들이 있다면 증거를 보여 주시기 바랍니다."

"벌써 증거로 제출했습니다만?"

"저희도 그 부분들을 확인했습니다. 하지만 원고 측이 제출한 파일들은 모두 스캔본이나 사진 같은 복사본들뿐입니다. 그 안에 있는 날짜들은 언제든지 프로그램을 써서 바꿀 수 있는 것들입니다. 그런 만큼 그런 것들의 증거로써의 가치는 없다고 보입니다."

딱 잡아떼는 성화의 법무 팀 변호사.

'그게 문제지.'

원본을 제출하도록 했으니 사본으로 가진 이쪽이 불리할 수밖에 없다. 그래서 이 시간이라는 것이 애매한 것이다. 현대에 와서 프로그램으로 컴퓨터의 시간을 조절이 가능해지면서 그걸 증명하기 애매해진 것이다.

실제로 법원에서 제출할 서류들에 시간을 표시해야 하는 경우 전문가들은 온라인 시간 프로그램을 화면에 띄워서 시간을 표시한다. 그래야 바꿨다는 소리를 듣지 않으니까.

'하지만 디자이너들이 그럴 리 없지.'

그리고 그걸 알고 있으니 저들은 저렇게 딱 잡아떼는 것이고 말이다.

'하지만 허점은 그것만 있는 게 아니란 거지.'

노형진은 미소를 지으면서 상대방 변호사를 바라보았다.

그 미소를 본 상대방 변호사는 등골이 오싹해졌다.

'저 새끼가 무슨 짓을 하려고.'

지금까지 성화의 수많은 일을 방해해 온 노형진. 그 때문에 성화는 치명적인 타격을 입었다.

건강식품 부분은 적자를 면치 못했고 자동차 부분은 철수할 수밖에 없었으며 돈이 되던 군납 분야에서 퇴출되었다.

'아오, 씨발…… 왜 하필이면.'

수많은 사내 변호사들 중에서 자신에게 이 일이 떨어졌는지 짜증이 났지만 그렇다고 안 한다고 할 수도 없었다.

'그래…… 좋게 생각하자. 저 새끼만 이기면 난 회사 내부에서 말 그대로 최고의 대접을 받게 된다.'

그나마 다행인 것은 이번 사건은 내부 사건이라는 것이다. 지금까지 있었던 모든 사건들은 외부와 성화의 관계가 있던 사건이었다.

군납은 군부대와 관련이 있었고 건강식품은 대룡과의 충돌이었다. 자동차 부문은 해외 자동차 브랜드들과 관련이 있었다.

'하지만 이번에는 너도 별수 없을걸.'

하지만 이번은 아니다. 이번 사건은 철저하게 내부 사건이다. 외부에 있는 놈들은 증거도 없는 무명 디자이너일 뿐이다. 내부적으로 문제가 될 만한 곳들은 철저하게 관리해 둔 상황.

"증거를 내놓으세요. 증거를."

그는 그 사실을 믿고 노형진을 공격했다. 증거가 있을 리없다.

"당신들이 내놓은 증거는 다 조작 가능한 것 아닙니까!"

그런 그의 모습에 판사조차 얼굴을 찌푸릴 정도였다.

"피고 측 변호인, 진정하세요. 여기는 법정입니다. 그리고 원고 측 변호인, 피고 측의 주장이 맞습니다. 원고 측이 제출한 증거들은 모두 위조가 가능합니다. 피고 측에서도 그걸 입증했구요. 그러니 그렇지 않았다는 증거나 하다못해 다른 증거라도 내놔야 합니다."

노형진은 고개를 끄덕거렸다. 실제로 상대방은 일주일 전 신문을 찍은 사진을 4년 전으로 날짜를 고친 것을 가지고 와서 제출했다.

"알겠습니다."

하지만 노형진이 그 정도 예상하지 못했을 리 없다. 프로그램을 쓰면 어려운 일이 아닌 것쯤은 알고 있었다.

'어차피 관련 회사를 뒤져 봐야 뭐 나오겠어?'

나올 리 없다. 그렇게 둘 성화도 아니고 말이다. 그런 이유로 노형진이 노린 부분은 다른 부분이었다.

"재판장님, 기록을 다시 확인하여 주시기 바랍니다. 피고 측 주장, 즉 성화의 기록에 따르면 해당 디자인을 납품한 로라 잔느가 성화에 디자인을 넘긴 지 두 달 만에 신제품이 나왔습니다. 아닌가요?"

"맞습니다."

그 말에 노형진은 그 부분을 확인하고 몇 장이 사진을 꺼내 들었다.

"이 사진을 확인해 주십시오. 이건 CCTV에서 나온 화면을 캡쳐한 것입니다. 해당 파일 역시 증거로 제출하겠습니다."

증거로 화면과 파일이 담긴 CD를 제출하는 노형진.

그걸 본 사람들은 고개를 갸웃했다.

"이게 뭡니까?"

"산업폐기물들을 처리하는 공장에 설치된 화면입니다."

"산업폐기물?"

"그게 무슨 소리죠?"

다들 고개를 갸웃했다. 디자인을 이야기하는데 난데없이 산업폐기물 공장이라니?

"모든 일에는 순서가 있습니다. 아무리 뛰어난 사람이라고 해도 실수라는 게 있을 수밖에 없거든요. 특히나 초반에는 말입니다."

무슨 뜻인지 이해하지 못하는 사람들 앞으로 화면을 확대한 사진을 들어 보이는 노형진.

그걸 본 사람들은 자신도 모르게 탄성을 질렀다.

"아!"

"저건!"

그 화면에는 폐기물 처리 공장 내부로 들어가는 트럭의 위쪽을 찍은 사진이 있었는데, 거기에는 수많은 폐기물들이 가득했다. 여기저기 찌그러들어 형체를 알아볼 수 없는 것도 있었지만 대부분은 그 형태가 멀쩡했는데, 그건 다름 아닌 현재 성화에서 팔고 있는 유러피안 스타일 홈 컬렉션에 속하는 에어컨의 디자인이었다.

"그리고 보다시피 이 화면 내부에 찍혀 있는 시간은 올해 2월 3일입니다. 그런데 성화에서 디자인을 받은 지 두 달 만에 출시되었다고 했지요. 그렇다면 인터넷에서 출시일을 찾아보면 해당 모델의 출시 시기는 올해 5월입니다. 두 달 전에 받았다고 하면 올해 3월에 받은 셈이지요. 그런데 어떻게 올 2월 3일 에어컨 케이스를 만드는 공장에서 잘못 만들어진 폐기물이 재생용 산업폐기물 공장으로 올 수 있었는지 궁금하군요."

노형진은 담담하게 물었지만 성화의 변호사는 완전히 뒤통수를 맞은 기분이었다.

'이거 뭐야? 씨발.'

관련 기업들은 모조리 입막음을 해 놨다. 그래서 절대로 정보를 얻을 수가 없을 거라 생각했다. 그런데 폐기물 공장이라니? 그건 생각도 못 했던 곳이다.

'뭘 만들면 짠 하고 바로 나오는 줄 아나?'

뭔가를 만들기 위해서는, 특히 새로운 뭔가를 만들기 위해서는 과정이 있다. 그리고 그 과정에서는 무조건 실패하는 과정이 있다. 색감이나 사이즈 같은 것들이 미묘하게 복잡하기 때문이다. 그렇게 만들어진 실패작들은 당연히 재활용하기 위해서 산업폐기물 재생 공장으로 가게 된다.

"그리고 이 부분을 확인해 주십시오. 해당 업체의 작업 기록입니다. 이 기록에 따르면 해당 물품은 화성 케이스라는 케이스 전문 업체에서 만들어진 것입니다. 그리고 해당 화성 케이스라는 곳은 작년 5월부터 해당 업체와 계약을 맺고 폐기물들을 처리해 왔습니다. 아닌가요?"

노형진이 말에 성화의 변호사는 재빨리 대답하기 시작했다.

"공개된 정보에는 약간의 오류가 있습니다. 외부에 공개된 디자인을 받은 날짜는 최종 디자인입니다. 최종 디자인! 그러니까 공장은 그 전에 가동되었다고 해도 이상할 것이 없습니다."

"도대체 어떤 기업에서 최종 디자인이 나오기도 전에 금형을 만들고 색감을 조정하고 물건을 제작하나요?"

금형을 만드는 가격을 상상 이상으로 비싸다. 작은 피규어 금형만 해도 수천만 원이고 이런 물건을 만드는 것은 억 단위는 가뿐하게 넘는다.

더군다나 금형은 모양이 바뀌었다고 막 바꿀 수 있는 것도 아니다. 조금 깎는 정도가 아니라 아예 새로 만들어야 한다.

"성화에서는 가능합니다. 야심차게 준비한 프로젝트이기 때문입니다. 원래 최종 디자인을 받은 건 더 먼저인데 나중에 작가의 변심으로 추가적인 변경이 있었습니다. 그래서 기존에 있던 금형에서 나온 모든 물건들을 폐기한 겁니다."

'오올.'

노형진은 재빠르게 변명하는 그의 모습에 솔직히 살짝 놀랐다. 무서울 정도로 빠르고 깔끔한 임기응변이었기 때문이다. 사실 그 많은 변호사들 중에서 그가 선발된 것도 그만큼 능력이 있어서다.

이것이 법이다

'역시 성화의 변호사라 이건가?'

솔직히 저런 변명 아니 변론이 나올 거라고는 생각도 못했다. 더군다나 논리적으로 합당한 변론이다.

"그렇군요. 확실히 작은 디자인 변경이라도 완성도를 높인다는 것은 있을 수 있는 것이겠지요."

판사 역시 수긍한 듯 고개를 끄덕거렸다.

'뭐, 잘했어. 한 가지만 빼고 말이지.'

노형진은 피식 웃었다. 확실히 빠른 변론이기는 했다. 하지만 모든 것이 다 그렇듯 급하게 만들어진 변명에는 다 약점이 있기 마련이다.

"그러면 한 가지만 묻겠습니다. 해당 디자인이 적용된 날짜기 정확하게 언제입니까?"

"4월 22일에 적용되었습니다."

"그렇군요. 4월 22일에 제작되었단 말이죠?"

"네."

"그러면 그 에어컨의 생산량은 어떻게 됩니까?"

"하루에 1천 대 가능합니다."

엄청난 양이다. 하루에 1천 대라고 하면 한 달에 3만 대 정도 생산이 가능하단 소리다.

"생각보다 적네요."

물론 노형진은 적다고 생각했다. 그럴 수밖에 없는 게 일반적으로 에어컨 공장이 풀로 돌아간다면 못해도 하루에 3

천 대에서 4천 대를 생산할 수 있으니까.

"초기 모델인 만큼 일단 소량 생산하면서 판매량에 따라 공장을 증설할 생각이었습니다."

"알겠습니다. 그런데 진짜 확실한 겁니까? 하루에 1천 대? 고작 그것밖에 안 만들어요?"

"확실합니다. 필요하면 여기 하루 생산량 기록표를 드리지요."

"주시면 감사하지요."

그 말에 변호사는 그걸 노형진에게 건넸다. 사실 증거로써 아무런 효과도 없고 딱히 비밀도 아니다 보니 주는 건 어렵지 않았다.

"알겠습니다. 재판장님, 잠깐 인터넷을 쓸 수 있을까요?"

"인터넷을?"

"네, 증거가 인터넷상에 있는데 일단 확인한 후 출력하고자 합니다."

"흠……."

판사는 잠시 고민하다가 고개를 끄덕거렸다. 그러자 노형진은 미소를 지으면서 노트북을 인터넷에 연결해 뭔가를 검색하더니 그 화면을 사람들에게 보여 주었다.

"이게 뭐라고 되어 있나요? 읽어 주십시오."

모니터를 주변으로 스윽 돌리면서 말하자 사람들은 큰 목소리로 그걸 읽기 시작했다.

"유러피안 스타일 홈 컬렉션 에어컨. 판매량 10만 대 판매 돌파 기념 유러피안 스타일 홈 컬렉션 전 품목 파격 할인."

사람들이 그걸 읽자 다시 그 화면을 확대해서 보여 주는 노형진.

"그러면 아래에 있는 날짜는 뭐라고 적혀 있습니까?"

"날짜가…… 6월 21일입니다."

"재판장님, 이 화면을 증거로 제출합니다. 해당 화면은 성화의 브랜드에서 홍보를 위해 한 것인 만큼 인터넷상에서 어렵지 않게 찾을 수 있습니다."

"그게 뭐가 증거가 된다는 겁니까?"

판사는 그게 왜 증거가 된다는 건지 이해하지 못했다. 노형진은 방금 전 성화의 변호사가 준 것을 증거로 내밀었다.

"방금 전 피고 측 변호인은 본 법정에서 하루 생산량이 1천 대 수준이라고 했습니다. 하루 1천 대라고 한다면 10만 대를 생산하기 위해서는 100일을 소요해야 합니다. 그런데 최종 적용일은 4월 22일입니다. 그리고 10만 대 판매에 6월 21일이죠. 대략적으로 봐도 60일인 건데. 그 안에 어떻게 10만 대의 기록이 나왔습니까?"

"……!"

그 말에 성화 측 변호사는 자신의 실수를 알아차렸다.

'이런 미친.'

아무런 관련이 없을 줄 알고 무심하게 넘겨준 자료가 증거가 되어서 순식간에 자신의 목줄을 죄고 있었다.

"이 증거대로라면 성화 측에서는 사전에 어느 정도 생산량을 준비해 놨어야 한다는 뜻이 됩니다. 그렇다면 무려 4만 대의 차이가 생기는데 이건 단순히 야근해서 되는 게 아니죠. 재판장님, 해당 증거를 제출하는 바입니다."

즉, 사전에 미리 생산량을 만들어 놨어야 한다는 뜻이다.

"그게…… 철야입니다! 모든 직원들이 합심하여 모두 하나 되어 일한 덕분에 그 수량이 나온 겁니다."

상대방은 일단 상황을 벗어나기 위해서 외쳤다.

'얼씨구? 여기가 무슨 북한이냐? 하나 되어 결과가 나오게?'

아무리 철야를 한다고 해도 나올 수 있는 수량이 아니다. 아니, 진짜 전 직원이 철야한다면 나올 수도 있다. 하지만 사람이 두 달이 넘도록 잠도 자지 않고 철야한다는 것은 불가능하다.

"그게 확실한가요?"

"확실합니다."

"그러면 그 해당 근무자들의 철야 기록을 제출하여 주십시오. 그 정도는 증명하실 수 있지요?"

"그……."

순간 당황하는 성화 측 변호사.

"아, 그리고 그럼 하루에 1,500대 이상 생산했다는 건데 왜 이 기록에는 1천 대만 기록되어 있나요? 혹시 탈세를 목적으로 한 건 아닌지 의심스럽군요. 국세청에 확인하도록 하겠습니다."

'아, 씨발……'

졸지에 철야 기록을 내주고 거기에다 국세청 조사까지 받게 된 성화 측 변호사는 완전히 혼이 나간 듯한 얼굴이었다.

그럴 수밖에 없는 게 철야 기록이 있지 않으니 증거가 없고 국세청에서 이 기록을 가지고 감사하면 솔직히 성화쯤 되는 대기업이 탈세를 위한 뭔가를 하지 않을 리 없으니 뭔가는 걸릴 테니까.

'이런 망할 새끼.'

노형진은 무서운 눈빛으로 바라보는 성화의 변호인.

하지만 노형진은 그런 그를 바라보면서 그저 히죽 웃을 뿐이었다.

"친애하는 재판장님, 그러고 보니 이상한 게 있습니다."

"이상한 것?"

"네."

"뭡니까?"

"저희 어머니께서 성화에서 나온 유러피안 스타일 홈 컬렉션 에어컨을 한눈에 반하셔서 말입니다. 얼마 전에 설치하셨습니다."

"그래서요?"

"그래서 그걸 보고 왔는데 이상한 게 붙어 있더군요. 그것도 증거로 제출하고자 합니다."

노형진은 한 장의 사진을 꺼내 재판정에 내놓았다. 당연히 상대방에게도 한 장 건네줬다. 그리고 그걸 본 성화의 변호사는 입을 다물었다.

'이 망할 새끼.'

노형진이 내놓은 물건은 가전제품에 붙어 있는 스티커였다. 여러 가지 설명이 적혀 있는 것 말이다. 거기에는 명백하게 제조 날짜가 적혀 있었다.

"제조 날짜가 신기하게도 1월 19일입니다. 이거 완전히 신기한 물건이네요. 시간을 달려서 미래에서 온 에어컨인가 봅니다?"

"이건 명백하게 시간을 잘못 기재한 것뿐입니다."

"그래요?"

"네! 가끔 그럴 수도 있지 않습니까?"

"그런가요? 그런데 그런 실수를 많이 하던데요? 여기저기서 보이는데 말입니다."

노형진은 온 동네를 돌아다니면서 그 에어컨이 설치된 집집의 양해를 구하고 그 제조 날짜를 사진을 찍어 왔다. 그건 개조할 수도 없다. 노형진이 시간을 표시할 수 있는 걸 세워두고 찍은 데다 당장 그곳에 가면 그 에어컨이 그대로 있기 때문이다.

"이건 1월 8일, 이건 1월 30일, 이건 2월 7일, 이건 2월 11

일. 이건 작년이네요? 12월 19일. 이것도 작년 12월 11일. 이 정도쯤이면 타임머신이라고 해도 되겠습니다. 최종 디자인이 적용된 날짜가 4월 22일이라고 하지 않았나요?"

이쯤되면 노형진은 처음부터 알고 있었다는 뜻이다. 그렇지 않다면 이런 걸 찍어 올 리 없으니까.

'저 씨발 놈이 진짜.'

성화의 변호사는 뭐라고 형용할 수 없는 기분이었다. 어떻게든 저 녀석의 손아귀에서 벗어나려고 발악하는데 하면 할수록 더 빠지는 느낌이었다. 마치 부처님 손아귀에 든 손오공처럼 말이다.

'도대체가……'

미리 준비한 모든 패들이 완벽하게 막혀 있어 도무지 길이라고는 보이지 않는 상황.

"흠…… 피고 측 변호인, 이 기록에 따르면 최종 디자인을 적용하기도 전에 모든 에어컨들이 미리 생산되었다는 뜻이 됩니다. 할 말 있습니까?"

"그게…… 알아보겠습니다."

저런 명확하게 증거가 있으면서도 처음부터 내놓지 않은 행동에 그는 속으로 열불이 났다.

'씨발 놈, 날 가지고 놀아?'

물론 노형진이 진짜로 그를 가지고 놀려고 이런 증거를 제출하지 않은 것은 아니다.

'이게 바로 임팩트지. 후후후.'

그의 반론을 모두 듣고 나서 그걸 한 방에 뒤집어 버리는 증거를 제출하는 것. 그렇게 되면 모든 것이 뒤집히면서 그 사실이 기억에 강하게 남는다. 그리고 임팩트가 강하게 남을수록 판사는 이쪽으로 넘어올 수밖에 없다.

"알겠습니다. 가능하면 빨리 관련 증거가 나오면 좋겠군요."

달라고 하는 것도 아니고 나오면 좋겠다는 표현.

얼핏 성화를 편애하는 것처럼 들리지만 말투는 그렇지 않았다. 성화의 변호사의 귀에는 그 말이 마치 너희들이 과연 이것을 뒤집을 수 있는 증거를 내놓을 수 있는지 의심스럽다는 식으로 들릴 뿐이었다.

'씨발……'

성화의 변호사는 자신도 모르게 이를 빠드득 갈았다.

'뭐, 이쯤에서 끝낼까?'

그런 성화 측을 보던 노형진은 슬슬 마지막 카드를 꺼낼 생각을 했다.

"그리고 재판장님, 그 로라 잔느라는 사람의 신분도 의심스럽습니다."

"뭐요? 우리가 지금 존재하지도 않는 사람에게서 그림을 받았다는 겁니까!"

자꾸 당하니까 욱하는 마음에 목소리를 높이는 변호사. 그런 그를 보면서 노형진은 과도하게 손을 흔들었다.

"그럴 리가요. 설마 저희가 언감생심 그런 생각을 하겠습니까?"

명백하게 놀리는 듯한 말에 성화의 변호사는 속이 터졌지만 또 한편으로는 엄청나게 불안해졌다. 노형진이 아무런 카드도 없이 저런 식으로 굴 리 없기 때문이다.

아니나 다를까, 노형진은 그들에게 마지막 카드를 당당하게 건넸다.

"그분이 존재한다는 사실은 명확하게 알고 있습니다. 알다뿐이겠습니까? 그분의 인터뷰도 저희가 손에 넣었는걸요."

"인터뷰?"

"인터뷰라니?"

웅성거리는 사람들.

노형진은 그들에게 소피아와 성민주의 인터뷰를 다 들리게 재생했다.

다행히 소피아는 한국어를 할 줄 알아서 성민주와 한국어로 대화했다. 정확하게는 노형진이 재판에 쓸 생각으로 회사 측에 한국어를 할 줄 아는 기자를 요구했다.

"얼레? 한국어?"

"한국어인가요?"

로라 잔느가 당연히 외국인일 거라 생각하고 있던 사람들은 순간 당황해서 웅성거렸고, 로라 잔느가 성민주라는 사실을 알고 있던 변호사의 눈동자가 격하게 흔들리기 시작했다.

그리고 시간이 흘러갈수록 점점 인터뷰 내용은 이상하게 흘러가기 시작했다.

"이게 그 머그잔입니다."

머그잔이 이야기가 나오자 그 머그잔을 꺼내서 흔드는 노형진. 그리고 그녀가 우주 어쩌고저쩌고한 노트 이야기가 나오자 노트를 꺼내서 보여 주는 노형진.

"이게 그 노트고 말입니다. 뭐, 우주가 보이는 노트는 아니네요. 그럼에도 불구하고 여기 로라 잔느라는 이름은 잘 보입니다. 참고로 로라 잔느의 이름으로 나온 노트는 이것뿐입니다. 한 권에 1만 2천 원짜리 프리미엄 노트지요."

"……."

분명 자신의 이름이 붙어 있는 작품인데도 이해하지 못하는 그녀를 보면서 사람들의 의구심이 들 때쯤 생각지도 못한 관계가 드러나면서 사람들을 경악하게 만들었다.

"뭐야? 외손녀?"

"외손녀였어?"

성화에서 대대적으로 밀어주던 디자이너가 다른 사람도 아닌 성화전자 사장의 외손녀라는 말에 다들 경악을 금치 못하는 상황.

지금까지 비밀로 되어 있던 '로라 잔느'라는 이름이 세상으로 나타나는 순간이었다.

"이게 진짜입니까?"

판사조차 눈을 찌푸리면서 성화 측 변호사를 노려보았다. 판사가 바보도 아니고 지금까지 이야기를 묶어 보면 단 하나의 이야기만 성립하기 때문이다. 바로 디자이너들의 디자인을 빼앗아서 이름을 알리는 것.

"그게…… 전 잘 모르겠습니다. 알아보겠습니다만……."

그는 부정하고 싶었지만 그럴 수도 없었다. 다른 사람도 아니고 본인의 목소리가 녹음되어 있는 녹음 파일이니까.

"그래서 저는 학교에 로라 잔느, 아니 성민주가 제출한 해당 디자인의 사본을 제출하는 바입니다."

노형진은 학교에서 받아 온 파일을 건넸고, 판사는 그걸 심각한 얼굴로 살피기 시작했다. 누가 봐도 원본과 똑같은 파일들이었다.

"그리고 해당 학교에 학사 일정을 증거로 제출합니다. 보다시피 로라 잔느의 이름으로 발표되거나 계약된 시기와 비교해 보면 말도 안 된다는 것을 알 수 있습니다."

학사 일정에 따르면 계약 시기가 학교의 시험 기간인 경우도 있고, 또 다른 행사가 있는 경우도 있다. 즉, 어떤 계약은 하고 싶어도 할 수가 없는 것이다.

"마지막으로 성민주 양의 출입국 관리 기록에 대한 사실조회를 요청합니다. 성화 측에 따르면 본사에서 로라 잔느와 계약을 진행했다고 했습니다. 그렇다면 한국에 들어왔겠지요."

물론 모든 게 거짓이니 발표만 그렇게 되어 있고 들어왔을 리 없다.

"음…….."

"마지막으로 학교에서 성민주 양에 대해서 매긴 평가를 읽으면서 끝을 내고자 합니다. 성민주 학생은 타 학생에 비하여 체계화되고 규격화된 패턴에는 빠르게 적응하나 자유도에 대해서는 강한 거부감을 가지고 있고 적응이 느린 듯합니다. 고정관념에 대한 변화를 거부하는 성향이 강하여 기존 디자인을 잘 흉내 내거나 이를 살짝 변경하는 것은 잘하나, 자신 스스로 디자인을 만들어 내는 실력은 부족한 편입니다. 또한 스스로에 대한 과도한 자부심으로 인해 타인의 조언을 무시하는 경향이 강해 디자인의 변화가 거의 없는 편이므로 이를 고쳐야 할 것입니다. 이상입니다."

노형진이 말을 끝내고 들어가자 판사는 성화 측을 바라보다가 고개를 흔들고는 입을 열었다.

"다음 판결 기일은…….."

"판사님, 한 번밖에 하지 않았습니다. 그런데 판결 기일이라니요?"

그 말에 판사는 성화의 변호사를 물끄러미 바라보았다.

"성화 측 변호인."

"네?"

"진짜로 할 생각입니까? 원한다면 열겠습니다만."

그 말에 성화의 변호사는 고개를 돌려서 재판정의 뒤쪽에 가득한 기자들을 바라보았다. 아마도 재판이 길어질수록 더 많은 이야기가 나갈 테고 그때마다 성화의 이름은 더러워질 것이다. 결국 선택할 수 있는 건 하나였다.

"아닙니다."

그는 재판과 함께 커리어 역시 포기할 수밖에 없었다.

⚖️

"나이스!"

얼마 후 너무나도 당연하게 날아온 승리의 판결문.

그 판결문을 받은 노형진은 부들부들 떨었다.

"역시 노 변호사야."

"깔끔하게 이겼네요."

"이거, 성화에서 노 변호사라면 치를 떨겠는데?"

수많은 사람들의 축하를 받는 노형진. 하지만 진짜 축하할 사람은 따로 있었다.

"기분이 어때요?"

"어…… 그게…… 얼떨떨하네요."

전광구는 얼떨떨한 시선으로 노형진을 바라보았다.

솔직히 포기하는 심정으로 노형진을 찾아왔다. 그런데 이 겼다. 그것도 완벽하게. 지금까지 누구도 못했던 일이었는데 말이다.

"솔직히 아직 실감이 안나요."

"뭐, 실감은 좀 있으면 날 겁니다."

"그런가요?"

"네, 나중에 말입니다. 후후후. 이제는 우리는 기다리면 되는 거거든요. 흐흐흐."

노형진은 사악한 미소를 지으면서 그의 어깨를 두들겼고 아니나 다를까, 얼마 후 성화에서는 전광구에게 만나겠다는 연락이 왔다. 그러고는 그가 뭐라고 하든 다짜고짜로 들이닥쳤다.

"일단 약간의 오해가 있었던 부분은 사과드립니다."

그들이 온 이유는 간단했다. 저작권이 박탈당했으니 그의 동의가 없으면 만들어 둔 모든 에어컨들을 버려야 한다. 공장 시스템을 바꿔야 한다. 그리고 지금까지 판매된 에어컨에 대한 손해배상도 해야 한다.

"저희 쪽의 책임자가 과도한 충성심으로 인해 한 일이다 보니. 죄송합니다."

그들은 저자세로 전광구에게 다가왔다. 소심한 전광구로서는 그런 그들의 모습이 어쩐지 더욱 무섭게 보였다.

"그래서 저희가 사과의 의미로 그 저작권을 적당한 가격에 구입하고자 합니다. 저희 쪽에서는 15억을 드릴 수 있습니다."

"1…… 15억요?"

"네, 어떠신지요?"

마치 친근한 척하면서 웃는 성화의 담당자.

'흐흐흐, 네놈이 어쩔 건데?'

15억. 전광구로서는 생각도 못 할 엄청난 금액이다. 당연히 이 정도면 넘어갈 거라 생각했다.

하지만 노형진이 그런 부분에 대해 준비하지 않았을 리 없다. 애초에 재판에서 지면 그 저작권을 구입하려고 할 것은 당연한 일.

"그…… 그게 전 저작권 관리를 다른 곳에 일임해서요."

15억이라는 말에 침을 꿀꺽 삼키면서도 노형진의 조언을 생각하면서 애써 순간을 넘기는 전광구.

"관리를 다른 곳에 위임했다고요?"

"네, 아무래도 제가 법을 잘 몰라서. 그래서 온다고 하시기에 그쪽에 연락했거든요. 그쪽에서도 사람을 보내 준다고 했습니다."

"도대체 어디에 맡기셨는데요?"

그런 거라면 차라리 잘된 거다. 그들은 생각했다. 적당히 뇌물을 주면 더 싼 가격에 구입이 가능할 거라 생각했던 것이다. 하지만 다음 순간 그들의 얼굴은 사정없이 일그러질 수밖에 없었다.

"어이구, 죄송합니다. 대룡디자인협회에서 나왔습니다. 저희 고객님에게 볼일이 있다고요?"

문을 열고 들어오는 남자의 말에 그들은 일이 제대로 망쳐지고 있다는 사실을 깨달았다.

'대룡이라니.'

대룡디자인협회라는 곳은 처음 들어 봤지만 한 가지는 확실하다. 대룡이라는 이름이 들어 있는 이상 자신들에게 우호적일 리 없다는 것.

'망할.'

그들이 얼굴을 찌푸리는 그때, 그 남자를 따라 들어온 여자가 그들이 꺼낸 계약서를 살피면서 코웃음을 쳤다.

"이 계약의 효력은 성화 공모전에 디자인을 제출한 시점으로 그 효력이 발생한 것으로 본다라……. 이대로라면 손해배상을 하실 생각은 없나 봐요?"

슬쩍 꼼수를 부리려던 그들은 그 여자의 말에 순간 가슴이 철렁했다.

"그러는 당신은 누구요?"

"저요? 손예은이라고 합니다. 대룡디자인협회의 법률 자문인 새론에서 파견 나왔습니다."

그 말에 그들은 제대로 똥 씹은 얼굴이 되었다.

⚖️

"도대체 뭡니까?"

"장난해요?"

"이 일이 어떻게 된 겁니까?"

성화전자의 주주 회의. 그곳은 시끄럽다 못해 난장판이 되어 있었다.

"이 일을 어떻게 책임질 겁니까?"

결국 디자인을 계속 사용하는 것에 대한 협상은 실패했다. 지금까지 엄청나게 나간 유러피안 스타일 홈 컬렉션 가전제품들뿐만 아니라 속속 밝혀지고 있는 모든 디자인들에 대한 관리 권한이 대룡에 넘어갔기 때문이다.

"그게…… 어떻게든 저희도 노력 중입니다만……."

부사장은 진땀을 흘렸다. 사장은 슬쩍 출장을 핑계로 해외로 도망간 탓에 자신만 남아서 주주들을 진정시키고 있었다.

"피해를 어떻게 줄일 겁니까!"

"말을 해 봐요!"

대룡은 단호했다.

첫째, 지금까지 판매된 것에 대한 손해배상을 할 것.

둘째, 제작된 모든 상품들을 폐기할 것.

셋째, 더 이상의 제작을 금지할 것.

싸구려인 팬시나 이제 철이 지난 옷 같은 건 괜찮은데, 문제는 이제 막 잘나가는 유러피안 스타일 홈 컬렉션이었다. 그 피해만 해도 못해도 수백억이 될 거라는 예상에 주주들이 들고 일어난 것이다.

'아, 씨발…… 나보고 어쩌라고.'

사장이 도망가는 바람에 독박을 쓴 부사장은 이를 바득바득 갈았다.

"걱정하지 마십시오! 일단은 저희가 어떻게든 해결할 겁니다!"

그때였다, 한 남자가 그 안으로 들어오면서 소리를 지른 것은.

"일은 성화가 처리한다고 해도 이번 사건을 일으킨 당사자인 김두필 사장에게는 그에 맞는 응징을 해야 하는 것 아닙니까?"

"그러고 보니 그러네!"

"맞아! 그놈이 주범이지!"

자신의 손녀를 유명인을 만들기 위해 음모를 짜는 바람에 성화에 엄청난 피해를 입혔다. 당연히 그에 맞는 처벌을 받아야 한다.

"전 이번에 김두필 사장에 대한 해임 건의안을 상정하고자 합니다."

"뭐…… 뭐라고?"

부사장은 깜짝 놀랐다. 김두필은 이곳의 황제다. 그런데 해임 건의안이라니.

"뭐야! 넌 뭐야, 이 새끼야?"

안으로 들어온 남자의 멱살을 잡는 부사장.

"나요? 나, 여기 대주주."

"대주주?"

"그래요. 한 10%쯤 가졌지?"

그 말에 부사장은 주춤주춤 물러났다. 성화전자의 주식을 10%나 가졌다는 것은 절대로 만만한 인간이 아니라는 뜻이다.

"혹시…… 누구신지?"

문제는 지금까지 그런 존재에 대해 전혀 알려지지 않았다는 것. 그가 알기로는 성화의 적통을 제외하고는 그 정도 주식을 가지고 있는 사람은 아주 드물다.

"나요?"

남자는 마치 기다렸다는 듯이 미소를 지었고 그의 품에서 나온 명함을 받은 부사장의 얼굴은 창백하게 변하기 시작했다.

"소개가 늦었네요. 대룡전자에서 나왔습니다. 흐흐흐."

"아깝네요."

깊은 밤. 조용한 유민택의 사무실에 노형진과 유민택을 창밖의 야경을 바라보면서 이야기를 나누고 있었다.

"뭐, 기대도 안 했네. 도리어 이번 일은 아주 고무적이야. 내부적으로 김씨 일가에 대한 불만이 많다는 뜻이니까."

성화전자가 엄청난 피해를 입게 되었다는 소식은 전 세계에 퍼졌다. 소피아 역시 그 소식을 알렸고 말이다.

그 덕분에 성화전자의 주식은 하루가 멀다 하고 떨어졌고 대룡에서는 비밀리에 그 주식을 모조리 긁어모아 무려 10%나 모을 수 있었다.

"그래도 잘랐으면 좋았을 텐데요."

"그게 아쉽기는 하지만 그래도 성화 쪽에 엄청난 타격을 줬지 않나?"

그렇게 10%나 모은 대룡은 대주주로서 성화의 사장인 김두필의 해임을 시도했다. 깜짝 놀란 김씨 일가와 그 지지자들이 모여 방어하는 바람에 근소한 차이로 해임안은 부결되었지만 그래도 무려 43%가 해임안에 동의했다. 그만큼 김씨 일가는 주주들의 마음을 잃어버린 것이다.

"하긴 그렇기는 하죠. 아마 성화 쪽은 당분간 옴짝달싹못할 겁니다."

그러자 성화 쪽은 난리가 났다. 그들은 성화전자의 주식을 방어하기 위해 사방에서 돈을 긁어모아서 닥치는 대로 성화전자 주식을 사 모았다. 그 덕분에 대룡은 추가적으로 사 모으다가 실패해서 11%밖에 구입하지 못했다.

"그렇겠지. 그들로서는 다급했을 테니까."

문제는 그걸 비싼 가격으로 방어하느라고 사는 바람에 성화 계열사들이 적지 않은 돈을 썼다는 것이다. 당연히 사업적 여력이 떨어질 수밖에 없다. 못해도 이번에 성화가 입은 피해는 500억 이상으로 예상되고 있었다.

이것이 법이다

"그리고 당분간 우리 때문에라도 전자 쪽은 쉽지 않겠지."

대룡이 성화전자의 주식을 사서 최대 주주로 파고듦으로써 대룡은 그들의 기밀에 접근할 수 있는 자격을 얻었다.

또한 김씨 일가가 뭔가를 하려고 할 때마다 최대 주주로서 반대표를 던져서 그들의 행동을 막을 수도 있게 되었다.

어쩌면 그게 이번 승리의 최대 이점일 것이다. 실질적으로 성화전자는 대룡과의 전쟁에서 힘쓰기 힘들어진 것이다.

"흐흐흐흐."

"회장님 웃음이 참 사악하십니다."

"사악해도 좋네. 그래도 좋아. 진짜 오늘만 같으면 좋겠네."

그들이 난리 난 것을 아는 유민택의 말에 노형진은 피식 웃으면서 잔을 들어 올렸다.

"그러면 이 시간에 머리 부여잡고 있을 김씨 일가를 위해서 건배하죠."

"좋지. 하하하! 그 녀석들의 영원한 두통을 위하여!"

"위하여! 하하하!"

그렇게 사무실에는 유민택의 웃음소리가 가득하게 퍼지고 있었다.

다음 권으로 이어집니다

꿈의 도약, 로크에서 하십시오
(주)로크미디어에서 신인 작가를 모십니다

즐거운 세상, 로크미디어는 꿈을 사랑하고 도전을 두려워하지 않는 작가 분들의 참신한 작품을 기다리고 있습니다. 21세기 장르 문학계를 이끌어 갈 차세대 선두 주자 (주)로크미디어에서 여러분의 나래를 활짝 펴 보시길 바랍니다.

모집 분야 판타지와 무협을 포함한 장르 문학
모집 대상 아마추어 작가, 인터넷 작가
모집 기한 수시 모집
   작품 접수 시 유의 사항
   1. 파일명은 작가명_작품명.hwp형식을 갖춰 주십시오.
   1. 파일에 들어갈 내용은 다음과 같습니다.
      − 성명(필명인 경우 실명을 밝혀 주세요), 연락처, 이메일 주소
      − 제목, 기획 의도
      − A4용지 1장 분량의 등장인물 소개
      − A4용지 2장 분량의 전체 줄거리
      − 본문
   1. 작품이 인터넷에 연재되고 있다면, 게시판명과 사이트의 구체적이고 정확한 주소를 기재해 주십시오.

선택된 작품은 정식 계약 후 출판물로 간행되어 전국 서점에 유통됩니다.
작가 분은 (주)로크미디어의 전폭적인 지원하에 전속 작가로 활동하시게 됩니다.
※ 자세한 내용은 로크미디어 홈페이지(rokmedia.com)를 참조하세요.

(03920)서울시 마포구 성암로 330 DMC첨단산업센터 3층 314호
(주)로크미디어 편집부 신간 기획 담당자 앞
전화 : 02 − 3273 − 5135
www.rokmedia.com   이메일 : rokmedia@empas.com

신무명 스포츠 장편소설

고교 루키로 회귀한 메이저리그 아웃사이더!
『네 멋대로 쳐라』

매번 팀을 승리로 이끌지만
이기적인 플레이로 외톨이인 메이저리거 유정혁
혼자 간 클럽에서 변사체로 발견되는데……

다시 눈을 뜬 곳은 고교 시절 자신의 방?
그라운드의 악동이 펼치는 원맨쇼가 온다!

여전히 건방지고 여전히 독단적이지만
선구안은 기본, 어떤 공도 포기하지 않는 잡초 근성 슈퍼캐치까지!
승리의 열쇠인 그에게 중독된 구단과 동료들은
점점 커지는 영향력을 거부할 수 없다!

무수한 백구를 펜스 밖으로 날려 버릴
기적의 그라운드가 펼쳐진다!
그의 시즌을 주목하라!